ハヤカワ文庫NV

〈NV1533〉

わたしたちが光の速さで進めないなら

キム・チョヨプ

カン・バンファ、ユン・ジヨン訳

早川書房

9102

우리가 빛의 속도로 갈 수 없다면
IF WE CAN'T GO AT THE SPEED OF LIGHT

by

Kim Choyeop

Translated by
Kang Banghwa & Yoon Jiyoung
Published 2024 in Japan by
HAYAKAWA PUBLISHING, INC.
Original Korean edition published by EAST-ASIA PUBLISHING CO.
This book is published in Japan by
arrangement with
EAST-ASIA PUBLISHING CO.
through BC AGENCY and JAPAN UNI AGENCY, INC., TOKYO.

This book is published with the support of the Literature
Translation Institute of Korea (LTI Korea).

装画／カシワイ

日本語版への序文

　人は誰しも、この世界の外のどこか別の場所、遠くて美しいもの、広大で圧倒的な何かを希求する心を、少なからず持っているのではないでしょうか。きっと、そうしたものに人一倍強く惹かれる人たちが、SFを読んだり書いたりするのだと思います。わたしもまた、宇宙にある無数の星と惑星、宇宙人との遭遇、過去と未来を行き来する奇妙な冒険、変わり者の科学者の実験室で誕生する不思議な生命体といったものが大好きです。現実からはるか遠くへ想像を馳せると、まるで飛行機が離陸するときのようにぴりっと張り詰めたときめきを感じます。この本に収録されている作品には、そういった遠い場所や見知らぬ存在に長年抱いてきた愛情が込められています。

『わたしたちが光の速さで進めないなら』は、わたしの初の作品集です。この本が出る前、デビューしたばかりの新人作家だったわたしは、SFというジャンルに慣れ親しむために、韓国語に翻訳されたSF本をほとんど読み尽くしました。そのなかには、同時代の日本のSF作家たちの小説もたくさんありました。言語と文化は違っても、SFというジャンルが持つ魅力はやはり世界共通なのだと思い、日本で今SFを書いている作家の方々に親しみを感じました。

何より、今この本を開いてくださっている日本の読者の皆様に感謝しています。わたしの物語が海を越えて皆様のもとに届くのだと思うと、驚異さえ覚えます。たとえ光の速さで行くことはできなくても、物語を通じてお互いに触れられるということをとても嬉しく思います。そしていつか、読者の皆様に直接お会いできる日を心待ちにしています。

二〇二〇年十月

キム・チョヨプ

（ユン・ジヨン訳、

カン・バンファ監修）

目次

わたしたちが光の速さで進めないなら

巡礼者たちはなぜ帰らない

순례자들은 왜 돌아오지 않는가

カン・バンファ 訳

ソフィー。何から話そうか。

この手紙が届くころには、すでにわたしが旅立ったことが噂になってるでしょうね。大人はかんかんに怒ってるかしら。こんなふうに、成年になる前に村を飛び出した人はこれまでいなかったもの。よかったら代わりに伝えてくれない？　今も変わらず皆さんのことを愛してる、でも自分の決心を後悔はしていないって。

あなたも知りたいでしょう？　どうしてわたしがこんな選択をしたのか。

嘘みたいな話だけど、わたしは今「始まりの地」へ向かってる。そう、わたしたちが巡礼に出かけるあの場所へ。金切り声で責め立てるあなたの姿が目に浮かぶようだわ。「どうせもうすぐ行くことになるのに、どうしてわざわざもめ事を起こしてまで今行くの？」

そっくりに言えたと思うんだけど、聞かせてあげられなくて残念。

巡礼についての話よ。成年式の風景は、目を閉じれば今も鮮やかに思い出せる。あなたもそうでしょうね。わたしたちは毎年のようにあの道をたどっていたのだから。十八歳になった巡礼者たちが「始まりの地」の装いをして村の広場に集まる光景は、いつでも目新しくてわくわくした。肌身離さず持っていろと念押しされながら、大人たちから小さな金属のかけらを受け取った彼らは、わたしたちが花や宝石の粉をちりばめておいた道を通って出発地点へ歩いていった。わたしたちはその道で、羨ましさと名残惜しさ、ちょっぴりの妬みが入り混じった気持ちで手を振りながら別れを告げ、その長い行列がたどり着く先には、古くてガタつく移動船がハッチを開けて待っていた。

移動船のことだけど、考えてみると、あのへんてこな機械がどうやって動くのか誰も教えてくれなかった。心配ないよ、っていう大人たちの言葉を信じるしかなかったのよね。もちろん巡礼の儀式に参加する者は、誰一人不安の色を浮かべたりしなかった。そりゃそうよ、大人になるための門出で、たかがオンボロ機械くらいにひるむのは恥ずかしいことだもの。

移動船が発つ瞬間を、大人たちは決して見せてくれなかった。覚えてる？　旅立っていく巡礼者たちと向き合って順に握手し、頰ずりしながらお別れの挨拶をし終わると、大人たちはわたしたちに不思議な香りのする飲み物をひと口ずつ飲ませたでしょう？　いつか学校で、先生があの水の意味を説明してくれたことがあった。この先の一年間、巡礼者たちの前に立ちはだかるであろう苦難と葛藤を分かち合うために飲むんだって。成年式を祝う酒だとごまかす大人もいたけど、お酒くらいこっそり飲んだことがあるもの、あれがお酒じゃないってことはわかってる。飲むとしばらくめまいがして、少しのあいだ意識を失った。

五分から十分くらい。気が付いたときには、移動船はすでに発ったあと。

そうしてちょうど一年が経つと、巡礼者たちは約束でもしたかのように同じ移動船に乗って戻ってきた。彼らは元来た道を歩き英雄然として村に入ると、ついに一人前の大人として認められた。でもいつだって、戻ってきた人の数は旅立っていった人の数より少なかった。仲のよかったお姉さんやお兄さんの顔が行列のなかに見えないことなど当たり前で、不思議なことに、彼らの名前はたちまち村から「忘却」された。

忘却。それはわたしが巡礼者について最初に抱いた疑問でもあった。もしわたしに日記をつける習慣がなかったら、わたしもまた帰らなかった人たちの存在を忘れていたでしょうね。毎年、巡礼の儀式が終わって家に戻ると、わたしは日記に記した疑問を指先でなぞりながら、それを忘れまいと努めた。そしてもしかすると、ソフィー、あなたも一度くらいは同じ疑問を抱いたことがあるんじゃないかと考えた。忘却をもたらしたのかもしれないあのひと口の飲み物が、わたしたちから消し去ってしまったのだろう、あの疑問を。

ある巡礼者たちはなぜ帰らないのか。

この手紙は、その質問に対する答えよ。同時に、なぜわたしが「始まりの地」へ向かっているのかについての答えでもある。手紙を読み終えるころには、あなたもわたしの選択を理解しているはず。

そう、あの話をしなきゃ。

この春の、帰還の日について。

旅から戻る巡礼者たちを歓迎しているかのように美しい日だった。数日前まで寒さに身をこごめていた植物たちも、折よくいっせいに花を咲かせていた。ソフィー、あの日あなたは調香師たちと一緒にいたんだっけ？　一日中離れ離れで過ごしたのよね。わたしはブーケ係の代表に選ばれて、巡礼者のための花束を作っていた。特別きれいな花を選りすぐってブーケにする力を認められたわけだから、とても誇らしい気持ちだったのを覚えてる。作業中、風に運ばれてくる香りの素晴らしかったこと！　どれがあなたの手によるものだったのかわからないけど、すごく素敵だったわ。

空は青く澄んで、やわらかな風は花のものとも香水のものともつかない香りを道に振りまき、いつの間にか、到着した移動船から降りた帰還者たちが砂の道を歩いてきていた。

わたしたちブーケ係はあらかじめ割り当てられていた持ち場に立った。帰還者を歓迎する頭飾りを着けて。旅立っていった人たちの半分も戻らないことをわたしたちも大人たちも知っていたけれど、ブーケはいつだって旅立った人の数だけ用意されていた。すべての帰還者が移動船から降りて村へ入ったとき、今回は半分をゆうに超える花が残っていたわ。わたしが余ったブーケを見せると、大人たちは当然といった顔で、それを小屋へ運ぶように言った。帰還の最後の手順、対面式が行われる場所の飾りに使えということだった。でも、どうして誰も、半分以上残ったブーケの意味について触れなかったのか。

帰還の日を前に、先生に尋ねたことがあった。「ひょっとして巡礼者たちは、『始まりの地』で何かひどい目に遭うんですか？　恐ろしい目に？　だから帰れなくなるんですか？」先生はなんともかわいらしくほほ笑ましい話を聞いたかのように笑うと、「デイジー、そんなはずないでしょう？　巡礼者たちはそこで選択をするの。誰にも強いられることなくね」と、わかるようなわからないような返事をしただけだった。大変なことなんてないってこと？　その言葉を信じないことだってできたけど、先生の笑顔があまりに屈託なくて、それでいてどこか寂しそうに見えたものだから、それ以上は訊き返す気になれなかった。

帰還者たちのほとんどは明るい表情だった。久しぶりに会う先生たちに誰もが満面の笑みで挨拶し、なかには会いたかったよ、とわたしたちを抱きしめてくれる人もいた。体格はわたしたちとさほど変わらないはずなのに、不思議なことに本当に大人になって帰ってきた気がしたわ。

村の大人たちは彼らを小屋に連れて行った。わたしたち子どもは山のようなおやつをもらうと、さっさとその場を離れなければならなかった。巡礼に出るまでは「始まりの地」の話を聞いてはいけないから。わたしはブーケ係の代表として最後まで片付けを手伝っていたけど、そろそろ席を外すようにという大人たちの態度に、それ以上いられなくなった。

わたしは小屋の扉を開けて外へ出た。辺りには誰もいないようだった。さて村の中ほどへ戻ろうとしたとき、木から木へと飛び移る一匹のリスが目に留まったの。そしてリスを目で追いかけるうち、小屋の裏側で視線が止まった。

ブーケが転がってた。自分で作ったんだもの、ひと目でわかったわ。丹精込めて作ったブーケがあんな所に捨てられてるなんて。残念な気持ちになって、せめて家に飾ろうと思いながらブーケに近づいたら……。

そこに誰かがいた。捨てられたブーケは彼のものだったの。

その人、泣いてた。

わたしが近づくのに気づくと、彼はびっくりして立ち上がった。こんなこと言っていいのかわからないけど、わたし、この村で、あんなに惨めで絶望的な表情を浮かべている人を初めて見た。すべてを失ってしまったかのような、悲嘆に暮れた顔。あれはなんと言うか、そういった感情が存在することは知っていたけど……それはあくまで本のなかの話だと思ってたんだもの。

「どうかしました？　大丈夫ですか？」

彼はかぶりを振った。そしてしげしげとこちらをうかがい見ると、わたしがさっきのブーケ係だと気づいたみたいだった。彼の手には見慣れない、まるでこの村の外から来たような機械らしきものが握られていた。わたしがじっと見入っていると、彼はぎくっとしてそれを背後に隠した。

「それ、何ですか？」

「君もいつかわかるよ」

「それのせいで悲しいんですか？」

「いや、『始まりの地』に残してきたものがあって」

「何を？」

彼は答えなかった。それ以上訊いても無駄だろうってことがわかったわ。彼は泣きはらした目で立ち上がり、小屋の裏の森へと消えてしまった。

　村に戻ったわたしは、今年の帰還者たちについて何か知っていることはないかとほかの子たちに尋ねた。あの男は誰だったんだろう？　帰ってきたのは誰で、帰らなかった人は誰なんだろう？　彼は何を残してきたんだろう？　残してきた「もの」と言ったけど、本当は物じゃなく人なんじゃないか？　ひょっとして、帰らなかった人のうちの誰かが、彼の言う「残してきたもの」なんだろうか？

　あなたにも同じことを尋ねたかしら？

　巡礼に出るまでは「始まりの地」について知ろうとしてはいけないというタブーのせいで、わたしたちは巡礼者がそこで何を経験するのかまったく知らなかった。わたしを含むほんの少数の子どもだけが、帰らない巡礼者がいるのはその地で起こる悲劇のためじゃないかとおそるおそる推測した。でも、ほとんどの子はそう考えなかった。たぶんあなたもそのうちの一人だったんじゃないかしら。こう言ってたのを覚えてる。

「巡礼が本当に危険だとしたら、どうしてそんな所にわたしたちを送り出すのよ？」

　その言葉にわたしも思わずうなずいてた。だけど今思えば、心から信じてたわけじゃなかった。どこかにとても恐ろしい場所があって、大人たちがわざわざわたしたちをそこへ行かせるだなんて、想像したくなかっただけ。

いつだったか、かつての人類の成年式に関する文書を読んだことがあるの。歴史上の、さまざまな場所、さまざまなかたちで行われてきた成年式を比較したもので、なかにはこの村のように、大人になる少年少女を遠い場所へ送り出す習わしもあった。子どもが大人になったことの証しに過酷なテストを課すのよ。ひとりで獣を捕まえてこさせたり、鋭い剣の刃の上を歩かせたり。厳しいテストに臨んで、生き残った者だけが一人前の大人として認められた。そんな野蛮な習わしは過去のものにすぎないと思っていたけど、そのとき初めて、それは成年式そのものに備わる、テストの意味合いを持つものなのかもしれないって思った。

すると、いまだかつて考えたこともない疑問が次々に浮かんできたの。本のなかの世界には葛藤や苦難や戦争があるのに、この村はどうしてこんなにも平和なんだろう？

この村に大人が少なく、子どもばかりがたくさんいるのはどうしてだろう？

帰ってこない巡礼者たちがいるのはどうしてだろう？

あの男の人はどうして、すべてを失ったかのように泣いていたんだろう？

ソフィー、あなたも覚えてる？　学校で「始まりの地」の歴史を学びながらうとうとと居眠りをしていたある日の授業で、かしこいオスカーがこんな質問をしたのを。

「先生、ところでどうして僕たちには歴史がないんですか?」

先生は笑顔でこう答えた。

「おかしなことを言うのね。あなたたちもみんな、リリーとオリーブの話はよく知っているでしょう? この村をつくった人たち。わたしたちは彼らによってこの美しい村を授けられ、詩と歌と祭りを教わったのよ」

「でもそれは『始まりの地』の歴史に比べて短すぎるし、穴だらけです」

「オスカー。大人になればすべてを知ることになるわ。それまで待つのよ」

恥ずかしいことに、わたしはオスカーがそんな質問をするまで、自分たちの歴史について考えたこともなかった。ひょっとしたら、日常に亀裂を見つけた人だけが世界の真実を追い求めるようになるのかしら? わたしにとっては紛れもなく亀裂と言えた、あの泣いていた男の人との遭遇以来、ある衝撃的な考えが頭から離れなくなったの。

わたしたちは幸福だけれど、この幸福の出どころを知らないということ。

ソフィー、裏庭に関する噂を聞いたことはない? 学校の裏庭には禁書を集めた図書館があるの。あなたも行って確かめてみるといいわ。そこは一見、なんの変哲もない庭のように見える。びっしり植えられた背の高い花々に視界を遮られて、そこに怪しい空間があることにもなかなか気づけないほどの。

ともかく、そこへ行ってじっくり庭を観察してみれば、妙にぴんと伸びた花が植わった、四角い花壇が見つかるはずよ。ずいぶん観察してようやく気づいたんだけど、そこの花は風が吹いてもびくともしないの。近づいて花に手を伸ばすと、ビリビリって感覚が腕に伝わってくる。びっくりでしょう?

噂っていうのはほかでもない、その裏庭を守る門番についてのものよ。裏庭でおしゃべりでもしようものなら、突然壁からけたたましい音がして、侵入者たちを追い払うってう。わたしは村に隠された広大な禁書エリアについて聞いたことがあった。そして、実はその門番が守っているのは裏庭ではなく、禁書エリアなんだと確信したの。

そこに近づくには忍耐が必要よ。わたしは門番の気を引くために、その裏庭に十日も通って花の手入れをした。ブーケ係として花々の性質に通じていたのはラッキーだったわ。門番は明らかにどこかからわたしを見ているはずなのに、何も言ってこなかった。

よし、このくらいならここ十年で一番美しい庭になったんじゃないかな。そう思えたころ、わたしはやっと勇気を出した。

花壇の前に立って話しかけたの。

「門番さま、そこにいらっしゃいますか?」

どこからか声が聞こえてきた。

「何者だ」

「わたしは村に住むデイジーと申します」

「巡礼の儀式は終えたのか？」

「まだです。禁書エリアを探しているんです」

「ここは子どもの立ち入りは許されていない」

「わたしは世界の真実を知りたいのです」

「世界の真実はここにはない」

「ですが、真実をどこに求めればいいのかはわかるはずです。わたしを入らせて頂けませんか？　気になって眠れない夜を過ごしているのです」

門番の物々しい声に少しもひるまなかったと言えば嘘になる。でも、わたしの言葉は嘘じゃなかった。実際毎晩のように、世界の真実は一体どこにあるのかという思いでろくに眠れなかったのだから。

門番は悩んでいるようだった。十分、いや、一時間。それより長かったかもしれない。わたしはじっとそこに佇（たたず）んで、門番の判定を待っていた。計り知れない時が流れた末に、ガチャリという音が聞こえたわ。彼は言った。

「いつかの子に似ておるようだ」

花壇の向こうの、壁にしか見えなかったものがみるみる光に包まれていった。それは……書架へ通じる扉だった。わたしは見えない門番に深くお辞儀してから、そこへ足を踏み入れた。

禁書エリアの書架はとても狭くて、かび臭い匂いがした。日当たりが悪くて暗かった。ここ数年は訪れる者もいなかったのではないかと思われるほど埃が積もり、並んでいる本は不思議なほど小さくて薄っぺらだった。

これが本？　わたしはつぶやいた。

わたしはリリーとオリーブの名前を探した。リリーとオリーブ。この村をつくった人たち。巡礼の儀式を始めた人たち。皆がその名を称(たた)え、崇(あが)め立てる人たち。

そこにオリーブの記録があった。

小さく薄っぺらな本を書架から抜き出して開いた瞬間、それが本物の本じゃないことがわかったわ。開いたページからまぶしい光がこぼれ出て、空中に何かを描き出したの。禁書エリアへの入り口が現れたときみたいに。

それは、わたしたちが知ることを許されない、「始まりの地」のテクノロジーだった。

そこに一人の女性がいた。目が合ったような気がしたわ。

ああ、それはわたしのよく知る顔だった。オリーブ。この村の歴史。でも、肖像画で見ていた年老いた姿ではなかった。せいぜい、巡礼を終えたばかりの帰還者くらいの年にしか見えなかった。

2170.10.2

絵の上に数字が浮かんだ。

「われわれはなぜここへ来たのか」

文字が点滅した。

オリーブの背後に広がっていた風景がゆがみ、変化し始めた。そこははるか彼方……ここにはない世界のように見えたわ。オリーブは何かの記録を残すかのように、手首に巻かれた機械に口を近づけて淡々と語り始めた。

「リリーはわたしを愛するあまり、この町をつくった。

その事実を知ったのは一年前のことだ」

＊＊＊

「リリー・ダウドナを探しているんですが」

自然史博物館の案内デスクにいた男は、声のするほうを振り向いた。ロビーにある巨大なゾウの模型の下に、一人の女が立っていた。

女はフードをかぶっていた。半ばフードに隠れた顔には、やけどのような大きなあざが広がっていた。まだらな皮膚にぞっとして男は思わず眉をひそめたが、すぐに平然と腰を上げて言った。

「どちらから入られたんです？」

「入り口からです」

「閉まっているはずですがね。観覧時間は過ぎてますから」

午後七時。観覧者が出入りできる時間はとっくに過ぎていた。女は男の言葉の意味がわからないかのように、じっと彼を見据えた。男は多少の苛立ちを感じた。出入り口の戸締まりをしっかりして回るよう言いつけたのに、新入りの警備員がまたヘマをしたようだ。だが、間違って鍵を閉め忘れた扉があったとしても、外にはロープパーティションが置かれているはずだ。まさか無視して入ってきたのだろうか？

女が訊いた。

「リリー・ダウドナに関する情報はどこにありますか？」

男はいつの間にか窓口のそばに歩み寄っていた女の顔をまじまじと見た。

「失礼ですが、お名前は？」

「オリーブです」

「オリーブさん。今は閉館時間です。入ってこられては困るんですよ。恐縮ですが、例外はありません。明日またおいでください」

男は内心、自らの忍耐力と優しさを褒めてやりたかった。だが、女のほうは無頓着な様子で鼻筋にかすかにしわを寄せると、こう言った。

「どちらにせよ、こちらにダウドナの情報があるということですね？」

自分の言葉に耳を貸そうともしない目の前の女に、男は内心腹が立った。

「もちろんありますよ。リリー・ダウドナを知らない人はこの博物館に勤めることもできないでしょうね。明日になったら、午前十時きっかりに二階へ上がって『新人類館』を見て回るといい。彼女に関して知りたいなら、一日かけて飽きるほど調べられますよ」

男は自分の声がとげとげしくなっていくのを感じた。博物館に勤めて十年になるが、ダウドナにここまで執着する人間は初めてだった。女は不服そうだったが、男の頑とした態度に渋々引き返した。

男は監視カメラの画面で女が間違いなく外へ出たのを確かめると、再び腰を下ろした。今日中に提出する書類の整理が残っていなければ、最初から自分の手で女を追い出していただろう。

らに思ったのだった。

　夜が深まるにつれ、男はひどく不安な気持ちに駆られた。さっきあの女をあんなふうに行かせるべきではなかった、どやしつけるくらいはしておくべきだったと、遅ればせながらに思ったのだった。

　俺はさっき、「新人類館」と言ったのだったか？

　男は二階の新人類館へ上がってみた。緊張しながら明かりを点けたが、当然そこには誰もいなかった。保安システムにも異常は届いておらず、誰かが侵入した形跡もない。男はほっとした面持ちで館内を一周すると、そこを出た。

　いや、出ようとした。

　その瞬間、何かに気づいた男の顔がこわばった。

　館内にあったリリー・ダウドナの研究ノートが消えていた。


　オリーブが降り立ったのは砂漠のただ中だった。移動船に内蔵されていたプログラムは「東部への接近は不可能」と長らくくり返した挙げ句、西部の荒れ地に突っ込んだ。移動船は動かない鉄の塊と化し、充電の仕方もわからない。オリーブは辛うじて通訳モジュールと辞書だけ取り出した。

　門番の言うとおりだった。やみくもに地球へと飛び出したのは、あまりに無謀な行動だった。村の真実、そして自分の母親「リリー」の過去を突き止めたいという一心だったが、それだけではここで生き残れないかもしれないという思いが、地球にやって来た初日からオリーブを捉えて離さなかった。延々と歩いてなんとかモハーベ砂漠の唯一の町イタサを見つけていなかったら、真実を突き止めることはおろか、到着から一週間で死んでいたかもしれない。

オリーブのいでたちは町では目立ちすぎた。町の人々はタイトなプラスチック素材のスーツを着ていて、それは夜になると華やかな色を放った。それに比べ、オリーブがまとっていたのはぼろきれも同然だった。町の外れで見かけた少年たちのほうが、いくぶんオリーブの格好に近かった。古びた布をまとって観光客にスリを働いていた彼らは、オリーブのほうにちらと視線を投げはしたものの、金目の物などないと思ったのか、それ以上は目もくれなかった。

宿を見つけるのも簡単ではなかった。村を発つ前に門番が聞かせてくれた話によれば、認証カードはすぐさま地球で使えるよう細工されていたが、問題はそれ以外のところにあるようだった。人々はオリーブを、まるでゴミ扱いした。

町にたどり着いて三日目、ついにオリーブはその理由に行き当たった。地球と村の関係についての手掛かりを見つけるために方々を探し回り、通訳モジュールが使い物にならないことに絶望しかけたころ、一人の老人が話しかけてきたのだ。

「お嬢さん、その顔はどうしたんだね？」

「はい？」

老人は、村では一度も目の当たりにしたことのない眼差しでオリーブを見つめていた。難癖をつけるふうではなかったが、その視線が気に入らなかった。どうやら顔のあざのことを訊いているようだ。オリーブは小さく笑って見せると、こう言った。

「わたしは生まれつきこうですよ」

「それはかわいそうに」

「どうしてそう思われるんです？」

オリーブの問いに、老人はいっそう同情するような顔になった。

「施術を受けなかったのかい？　胎生施術じゃよ。それほどの欠陥ならスクリーニングに引っかかるはずだが」

オリーブは通訳モジュールが作動していないに違いないと思った。老人の言う意味がまったく理解できなかったのだ。

「胎生施術とはなんのことでしょう？」

老人は気の毒そうにため息をついた。

「いや、すまないね。余計なことを言ったようじゃ」

そう言うと老人は、ポケットをまさぐって何かを取り出した。

「イタサでの暮らしは楽なものではないだろうよ。どうして若いお嬢さんの身にそんな災いが降りかかってしまったのか……」

老人が憐れみの表情を浮かべて差し出したのは、門番が「クレジットチップ」と呼んだものだった。オリーブは受け取ろうとしなかったが、老人はそれを無理やりオリーブの手に握らせ、足早にその場を立ち去ってしまった。

オリーブは苦々しい気持ちになった。けれどその理由をうまく説明できなかった。村では一度たりともこんな経験はなかった。

いずれにせよ、はっきりとわかったことがある。地球の人々はオリーブを何かしら違った目で見ている。そして、オリーブの顔にある大きなあざがその理由の一つであるということ。

町外れに暮らしながら、オリーブはこの地の生態をゆっくりと学んでいった。そこにはオリーブに似た人たちが多かった。顔に大きなあざがあるわけではないが、少なくとも同等の扱いを受ける特性を備えた人たち。彼らは自らを非改造人と呼んだ。オリーブの目にはなんともなかったが、彼らは自分に問題があると信じていた。知能が低いとか、見た目が醜いとか、チビでひ弱だとか、病気なのだと。

彼らに言わせれば、オリーブも非改造人だった。

オリーブはそこで、いくつか下働きの仕事に就くことができた。町の中心部は多くの観光客でにぎわい、毎日のようにショーとパーティーが開かれていた。町外れには朝から晩まで働きっぱなしの人々が暮らしながら、町の中心部に送る物資と食べ物を作っていた。中心部でオリーブを雇ってくれるところはなかった。オリーブは町外れで、ロボットよりも安い賃金で働いた。

通訳モジュールが地球の言葉に適応するまでには時間がかかった。「百年前の言葉だから多少の違いはあるかもしれない」とは門番の言葉だが、これほど差があるとは思わなかった。機械自体は地球でも広く使われていたものの、なにせ発する言葉があまりに古めかしく、人々はオリーブが何か言うたびに噴き出したり眉をひそめたりした。

オリーブはふた月も経たぬ間に村が恋しくなった。ここにはとうてい自分が探し求める真実などないように思えた。門番はなぜここに答えがあるはずだと言ったのだろう？

夜になると、オリーブは人々がたむろする飲み屋に出かけた。村では想像もできないジョークが飛び交う場所だった。オリーブはそこでおしゃべりをしている連中のなかにそっと割り込み、「リリー」を知っているかと尋ねた。たいていは「リリー？　俺の知ってるリリーは二十人ほどいるが、どいつのことやら」とはねつけられたり、初めから相手にされなかったりした。「リリー」はあまりにありふれた名前で、人々はオリーブのことを少しおつむの弱い女だと思っているようだった。

三番目に勤めた店で、オリーブはデルフィーと出会った。デルフィーは店のカクテルバーで長いあいだ酒を出してきたバーテンダーで、オリーブに簡単な厨房スタッフの仕事を教えてくれた。デルフィーは力持ちで、気性も激しかった。騒ぎを起こす客がいればためらうことなく銃で脅したが、最後に銃を使ってから数年になると言う。もちろんそれは、銃を引っ張り出したデルフィーの前で乱暴を働く客がもういないからだ。ロボットの扱いも手慣れたもので、近所のロボットは主人でもないのに彼女の命令に従った。時に、隣の店の主人が言うことを聞かないロボットに手こずって駆け込んでくると、デルフィーはぶつくさ言いながらも数分ですっかり元どおりに修理するのだった。

だが、オリーブがデルフィーに惹かれたのは別の理由だった。デルフィーはどこかほかの人とは違っていた。デルフィーはイタサで唯一、オリーブの容姿に動じない人と思われた。

地球にやって来てから、オリーブは人々の気まずい視線にさらされ続けていた。それは軽蔑や同情の目だった。何が問題だというんだろう？　オリーブには理解できなかった。

そしてデルフィーだけが、オリーブと同じように何が問題なのかわからないと言った。

オリーブがわけもなく客に頬をぶたれそうになったとき、デルフィーはかんかんになって客をつまみ出した。ドアの前で、また店に現れることがあれば殺してやると面罵した。

だが、ドアを閉めて振り向いたデルフィーの顔は悲しげだった。

「本当に馬鹿ばっかり。それもこれも引け目しかないからさ。でも、こんな世の中になったのはあたしたちだけのせいじゃないんだ、あいつらばかり責めてもね」

「じゃあ、こんな世の中になったのは誰のせいなの？」

本当に知りたかった。地球はどうしてこんなにも村と違うのか。グラスを拭いていたデルフィーが、肩をすくめて言った。

「さあね、百年前に現れて新人類をつくっちまった一群のハッカーたち？　ねえオリーブ、あんた一体どこから来たの？　どうしてこんな常識中の常識を訊くんだい？」

オリーブは答えられずロをつぐんだ。「村」について地球の人にどう説明できるだろう。

困り顔のオリーブを見つめていたデルフィーは、愉快そうに笑った。

「仕事が終わってから、夜中に時間があるならまた寄りな。店をしまうころに」

何を言われるか見当がつかず、うんと緊張して店へやって来たオリーブは、空っぽの店でピアノを弾いているデルフィーを見つけた。そのピアノが使われていたのは、しばしば店にピアニストを招待してリサイタルを開いていたころのことで、最近では埃が積もる一方だった。音は村にあったものよりずっと鈍く、手入れも行き届いていないようだった。しかし、デルフィーの演奏はまったく別の音を奏でた。彼女は生来のピアニストのように、鍵盤の上で指を滑らせた。

「気に入った？」

オリーブは胸がいっぱいになってうなずいた。村で聴いていた音楽とはまったく違う。だから余計に美しかった。

デルフィーは自分を、出来損ないの改造人なのだと言った。彼女の両親は、娘を優れた音楽家に育てたかった。音楽家になることは、彼ら自身の叶えられなかった夢だった。だが、彼らには大金を払って遺伝子施術をする余裕がなかった。低価で施術を引き受けたハッカーは、デルフィーの胚に豊かな芸術的才能を植えつけることには成功したが、それは一方で別の胎生的問題と性格の欠陥をもたらした。

十代後半になると、デルフィーは家を出た。そして彼女を抑圧しコントロールしようとする両親が二度と自分を見つけられないよう、西部にやって来てＤＮＡ指紋を変える施術を受けた。やぶ医者の施術による副作用で、デルフィーは片方の耳がほとんど聞こえなくなった。

「あなたが乱暴だなんて。どうかしてるわ」

「さあね。オーナーはあたしがあんたにだけ優しいってぼやいてたけど？」

オリーブはその言葉に顔を赤らめた。デルフィーが飴玉を嚙み砕きながら言った。

「あんたは一体何を探してるの？　昼間は毎日図書館通い。イタサでそんなに向学心の強い女は初めて見るよ。まだろくに話せないくせに、文字は読めるのかい？　あのけったいな機械で読んでるのかしら」

「わたしは……」

オリーブは一度正直に言いかけたものの、肩をすくめてこう言った。

「ただの散歩みたいなものよ。図書館の本の匂いって素敵でしょ」

デルフィーは信じていない様子だったが、それ以上は追及しなかった。

そのころになると、オリーブは通訳モジュールを介さなくてもこの地の言葉で話せるようになっていた。資料を探すときはいまも通訳モジュールの助けを借りていたけれど、リリーに関する調査はまったく進んでいなかった。オリーブは時折、すべて諦めて村に帰る方法を調べようかという思いに駆られた。だがそんなときは、なぜかデルフィーの名前が胸をよぎった。

イタサは分離主義政策を堅持する町の一つだった。都心は改造人のエリア、その辺縁部は非改造人のエリアとして徹底的に分けられていた。都心は華やかで整然とした美しい場所、郊外は打ち捨てられた人々の世界。郊外ではけんかや言い争いが絶えなかった。

ある日、そろそろ店じまいというころ、中年の男たちがぞろぞろと入ってきた。デルフィーが今日は終わりだと言うと、彼らはぶつくさ言いながら引き返しかけたが、そのうちの一人は違った。男はオリーブを見ると、面白いものを見つけたという顔で近づいてきた。

男がにやにやしながらオリーブの肩に腕をのせた。

「俺、こいつ知ってるよ。お前あれだろ？　おつむのイカれた女」

デルフィーが顔をしかめてこちらを見ていた。オリーブは戸惑った。

「そうだろ？　別の店でよく見かけたよ。おかしな女って噂さ。リリーって女を必死で捜してるんだろ？　昔の恋人なのかい？　ひょっとしてそいつ、目が見えないのか？　大したタマだぜ。顔にこんな……ひどいもんがあるってのによ」

男はくっくっと笑いながら侮辱するようなしぐさをした。オリーブは男よりも、後ろから見ているだろうデルフィーが気になった。別の店でリリーについて尋ねて回ったのは事実だが、デルフィーには知られたくなかった。変な誤解などされたら。

連れの男たちはオリーブに絡む男を、にたにたしながら見物していた。オリーブはぎゅっと口を閉じた。

いつの間にか、デルフィーが何か鋭い物を男に突きつけていた。

「出てっとくれ」

男はヘッと笑って武器を奪おうとした。デルフィーのほうが速かった。浅く切れた男の腕から血が流れた。後ろに立っていた男が脅すように言った。

「客になんてことしやがる！　警察を呼ぶぞ」

デルフィーは屈することなく言った。

「ここは非改造人エリアだよ。警察なんか来ると思ってんのかい？　とっとと失せな」

デルフィーはナイフを構えたまま、顎で店の出入り口を指した。男たちは呆れたような表情を浮かべながらも、引き下がって店を後にした。

扉が閉まると、デルフィーは口をつぐんだ。オリーブは泣きそうな気分で言った。

「さっきの男たちが言ったこと、気にしないで。リリーって女の人は決して……」

「あんたの捜してる『リリー』なら知ってるよ」

デルフィーの口から出た予想外の言葉にオリーブは驚いた。

「どうしてあなたが？」

「さあね。おばかな西部の奴らは知らないだろうけど、あたしはちゃんとした教育を受けてる。大学出の奴なら知らないはずがないさ。でも、あんたが本当にあのリリー・ダウドナを捜してるとは思わなかった。普通はディエンって呼ばれてるから」

　オリーブはリリーの姓がダウドナだと知らなかった。だがこの瞬間、直感した。デルフィーの言う「リリー」は自分が捜しているリリーに違いない。

　デルフィーが訊いた。

「リリー・ダウドナとはどういう関係？」

　オリーブは門番の言葉を思い浮かべた。地球では絶対にリリーと自分の関係を打ち明けてはならない。

「個人的な興味から調べてるだけ。よく知る間柄でもないし」

　デルフィーはかぶりを振った。

「ごまかしても無駄だよ、オリーブ。リリーの顔にもあんたと同じあざがあったんだ」

　オリーブの表情がこわばった。

　デルフィーはオリーブの顔を見ていた。いや、顔のあざを見ていた。覚えている限り、デルフィーがオリーブの顔のあざについて触れるのは初めてだった。

「偶然だと思ってた。でもさっき、リリー・ダウドナを捜してるって言うのを聞いて確信したよ。ひょっとして、ダウドナはあんたの先祖なのかい？　ひいひいおばあちゃんよりも上になりそうだね。実際に会ったことは一度もないだろうけど」

「その、わたしは……」

答えようとして、オリーブは何かがおかしいことに気づいた。だから代わりにこう尋ねた。

「どうしてリリーがそんなに昔の人だと思うの？」

「あたしはバカじゃないよ」

デルフィーは肩をすくめた。

「リリー・ダウドナは百年以上も前の人だろ。そして彼女こそ、この悪夢のような世界をつくった張本人さ」

＊＊＊

この先はオリーブの音声記録だ。

リリー・ダウドナは二〇三五年、コロンビアのボゴタに生まれた。そして七歳のとき、家族と一緒にボストンに移住する。リリーは親戚にいた、生命工学界で名を馳せた科学者たちの話を聞いて育ち、自身の興味と才能を早々に見出した。順調に育ったエリート科学者はMITを卒業すると、博士課程を歩みながらどんどんキャリアを積んでいった。ところがある日、すべてを捨てて姿をくらました。

バイオハッカー集団が本格的な活動に乗り出したころのことだった。手軽な遺伝子編集技術の普及、地球上のほぼ全種のゲノムに関する知識と「ミニラボ」の広まりにより、多少の知識さえあれば誰でも自宅に実験室を構え、遺伝子操作した生物体を生み出すことが可能になった。たいていは無残な失敗に終わったが、なかにはゲノムへの直感と知識によって企業でも成功しなかった遺伝子パズルを解く者もいた。そのうちの一部はフリーランスのバイオハッカーで、あまたの企業からラブコールを受けつつも独立した活動を続けていた。

リリー・ダウドナが再び現れたのは、匿名のフリーランス・バイオハッカー「ディエン」としてだ。ボストンのどこかにヒト胚のデザインをするハッカーがいるという噂が流れた。当初は誰も信じなかった。遺伝子編集技術の発達につれてヒト胚のデザインを試みる者が出てきたものの、そのほとんどが失敗に終わっていたからだ。

ところがディエンと呼ばれる匿名のハッカーは、ヒト胚のデザインを完璧に成功させた。大金を払える富裕層を中心に、ディエンの名声は高まっていった。彼女が使うツールはほかのハッカーたちと同じものだったが、彼らのように「青写真」を描くだけにはとどまらなかった。ディエンは発生段階はもちろん、その後の生育にまで関与した。依頼を受けた子どもを個別の人工子宮で育て、マシンとロボットで新生児を養育した。そしてきっかり六ヵ月を迎えると、依頼者の家の玄関前に子どもを抱いた保育ロボットと遺伝子証明書が届けられた。

バイオハッカーたちはディエンがヒト胚のデザインに成功した理由を、発生とエピジェネティックな改変を完璧にコントロールした点にあると推測した。彼らはディエンを真似ようと、彼女の小さな研究室と人工子宮培養室への侵入を試みた。多くはディエンのいた痕跡さえも見つけられなかった。だが、ディエンのクライアントから漏れ出た情報をもとに、ハッカーたちはディエンのやり方を少しずつ習得し始めたのだった。

ディエンの正体がリリー・ダウドナであることは次第に知られていった。だが、ディエンがなぜそんなことをするのか、優秀な大学を出、科学者として成功街道をひた走っていた彼女がなぜ突然違法バイオハッカーになったのかについてはわからなかった。無数の憶測だけが飛び交った。

ディエンがボストンに現れておよそ五年後、アメリカでは全域でヒト胚施術が流行していた。誤った施術によりむごたらしい奇形児が生まれた。誰一人として開祖の、つまりディエンの実力に及ばなかった。ディエンはヒト胚デザイン禁止法案にのっとって指名手配されたが、絶えず引っ越しをくり返しながら新たな研究室を構え、依頼を引き受け続けた。リリーの手掛けた子どもは数千、数万にのぼるという噂まで広まったが、そこにはなんの誇張もないように思われた。

ヒト胚施術が珍しいものではなくなってくると、水面下でバイオハッカーたちを集め、一種のヒト胚デザイン会社を作るケースも出てきた。だが依然として企業に抱き込まれないハッカーも多く、そこにはディエンの存在が大きく影響していた。ディエンは研究結果をオンラインで公開した。それを参考にしてハッカーたちが独自に開発した「遺伝ブロック」は、容易に組み合わせられるレゴブロックのごとく共有された。デザインされた子どもたちは一世代を築くほどに増えてゆき、人々は設計された、美しく、有能で、病気を持たず、寿命の長い新しい人類を「新人類」と名付けた。カリフォルニア大地震で西部の町が荒廃すると、新人類に生まれそびれた非改造人たちは西部へ追いやられた。災害にもびくともしなかった東部の町は、そのほとんどが改造人、つまり新人類の拠点となった。

そしてこの一連の出来事の出発点にして元凶とされるディエン、リリー・ダウドナはある日、突如として姿を消した。

彼女が消えたのは、ディエンとしてバイオハッキングを始めておよそ二十年後、四十代半ばに差し掛かったころと推測される。なかには、ヒト胚デザインに反対する団体の企みによって殺害されたのではないか、はたまた連邦政府のひそかな追跡により逮捕されたのではないかと疑う者もいた。だがどの文献にも、ディエンの最後の行方に関する手掛かりは残っていなかった。

最愛のリリーがほかでもない、この地獄を生んだ人間だったとは。すぐに村に帰って、リリーを問いただしたかった。リリーはすでに永遠の冬眠に入っていたけれど、凍りついたリリーの胸ぐらでもいいからつかんでやりたかった。

でもわたしには、まだ地球で調べなければならないことがあった。この資料はその後の出来事に関するものだ。リリー・ダウドナがなぜ突然ボストンから消えたのか、そしてなぜ「村」へやって来たのかに関する話。わたしはリリーが最後の瞬間に残した資料を探して回った。そしてデルフィーは、そのすべての旅路に付き合ってくれた。

リリーが主に活動していた東部全域を回った末に、わたしはついにスミソニアン自然史博物館に所蔵されていたある資料に行き着いた。それはリリーが姿を消す直前に作成された記録だった。英語ではなく不可解な言語で書かれており、一見すると休み時間に描き殴った絵のように見えた。研究者たちはそのノートを単純な落書きとみなし、それ以上掘り下げて考えることもなく、観覧者のための展示物に回した。実際は、リリーが保安のために自ら考案した新しい形態のアルファベットを使い、あえてデータファイルではなく手書きで残したものと思われる。そしてその文字はわたしたちの村で使用する文字でもあったから、わたしにはその記録をたやすく解読することができた。

それはリリーが地球から姿を消す前に残した最後の記録、戸惑いと苦しみの記録だった。リリーは長らく自分の人生を呪ってきたようだった。リリーにはわたしと同じ病、顔に決して消えることのない醜いあざを刻む遺伝疾患があった。村で育った者にとっては、リリーのあざは特別な情報を持たない一つの特性にすぎなかったが、地球の人々にとってそれは、リリーをとことん蔑み、忌み嫌いうる烙印だった。移民の娘、そして醜い姿をした、陰気で痩せぎすな少女。リリーは人生の初期において、誰ともまともな関係を築けなかったようだ。

リリーは自らを怪物のような存在だと考えた。病を持っていたにもかかわらずこの世に生まれてしまったのは、親の間違った判断だったと。リリーの両親は貧しく、病院で事前に勧められる遺伝子診断をまったく受けなかった。その診断で該当疾患が実際に見つかっていたかどうかはわからないが、すべての問題は自分の誕生が決まった瞬間に集約されるとリリーは考えた。

リリーがよりによってヒト胚のデザインに乗り出したきっかけについて、正確な記録は残っていない。だが理由を推し量ることはできる。リリーは生まれてくる子どもに美しさと、なんの病気もなく、ひとえに優れた特性のみからなる人生を贈ることが、自分にできるある種の善行だと信じていたようだ。結果的にリリーのヒト胚デザイン研究は世界に排除対象の階層を生んだだけだが、彼女はある時点までは、自分の仕事になんらの疑問も抱かなかった。世界を救うためだと信じていた。

四十歳になったとき、リリーは「初めて子どもを欲しいと思った」と書いている。それまで誰かと恋人関係にあった気配はなく、結婚もしていないリリーがなぜ突然そう思ったのかはわからない。だが、リリーの心境の変化から察するに、たったひとりで逃げ続ける人生に飽き飽きしたのだろう。手元にはバイオハッキングで稼いだ莫大な金があり、優秀なハッカーである彼女を外見だけで見下すような人もいまや周囲に存在せず、彼女の人生は安定期に入ったのではないか。

リリーにとって子どもをつくるのは、いとも簡単なことだった。彼女はまず、自分のクローン胚を作った。そして自分自身が備えたかった最良の特性を、美しさと知性、好奇心と魅力を余すことなく遺伝子に刻み付けた。彼女は自身の娘を人工子宮にそっと移し、発生過程で起こる遺伝子のあらゆるノイズをきめ細かくコントロールした。

そしてわたしが生まれた。

リリーがわたしの「欠陥」に気づいたのは、発生初期のことと推定される。デザインが予定どおりに進行しているかを確認する手順は、どんなプロセスにも必ず含まれるからだ。ミスは常に一定の割合で発生し、それを処理するのも難しいことではない。胚はあくまで胚にすぎず、廃棄して作り直せばそれでいい。人間は受精した瞬間から存在するのではなく、発生過程を通じて完成する。まだ人間になる前の存在を廃棄することは、リリーにいかなる罪悪感も呼び起こさせなかったはずだ。つまり、わたしに彼女と同じ遺伝疾患があるとわかったとき、ただちに廃棄することもできた。

けれど、リリーはそうしなかった。

彼女は何を思ったのだろう？

わたしの欠陥を見つけてからのリリーの記録は、解読困難だ。読み取れるのは一行だけ。

リリーはこう書いている。

「こうして、わたしは生まれる価値がなかった命であることを証明するのか？」

リリーはわたしに、自分を重ねて見ていたのかもしれない。世界から望まれない存在として生まれたリリー。世界から排除されたリリー。だが、しぶとく生き残り、たとえどんなやり方であっても命の可能性を立証したリリー・ダウドナ。

彼女の決定に対して何を言えばいいのか、わたしにはいまだわからない。リリーは自身の人生を呪ったけれど、自身の存在を呪うことはできなかった。

当時はまだ、発生過程にあったわたしを人間として受け止めていなかったことは確かだ。リリーがわたしを廃棄しなかったのは、わたしが人間だったからではない。それは可能性の問題だった。その存在に生きる権利が与えられるのかを決める問題。リリーは結局、わたしに生まれる価値がないという烙印を押せなかった。それはリリー自身の問題でもあったからだ。

バイオハッカー、ディエンが活動をやめて完全に雲隠れしたのはそのころと思われる。その後のことはお粗末な記録によって推測されるのみだ。リリーはマシンのなかで成長中のわたしを冷凍した。計画の成功までには長い時間が必要だと判断したのだろう。リリーはそれまでのヒト胚デザイン研究に関するデータをすべて廃棄した。すでにアメリカ全域に広まっていた新人類の誕生をなかったことにはできないが、少なくとも彼女自身が生み出した研究結果の原本はすべて消去した。そして代わりに、新たな遺伝子研究を始めた。

彼女は、顔に醜いあざを持って生まれても、病気があっても、片腕がなくても不幸じゃない世界を見つけたかったのだろう。まさしくそんな世界をわたしに、彼女自身の分身に与えたかったのだろう。美しく優れた知性を備えた新人類ではなく、相手を踏みつけてその上に立つことをしない新人類を生みたかったのだろう。そんな子どもたちだけからなる世界をつくりたかったのだろう。

地球の外に「村」が存在するのは、彼女の研究が成功したという証拠でもある。

わたしは村で暮らしながら、誰かがわたしのあざについて悪しざまに言うのをただの一度も聞いたことがない。わたしは自分のユニークなあざを誇りに思ってさえいた。村では誰一人、互いの欠点を気にすることはなかった。だから、このような欠点は欠点として感じられなかった。

わたしたちは村で、決して互いの存在を排除したりしなかった。

＊＊＊

もうわかったでしょう、ソフィー。

どうして本のなかの「始まりの地」とわたしたちの村はこんなにも違うのか。どうしてわたしたちはみんな機械の子宮から生まれるのか。この幸福の出どころはどこにあるのか。わたしたちは悲しみを知っているけれど、それにもかかわらず、継続する葛藤や苦しみ、不幸はどうして常に想像の概念としてしか存在しないのか。

でも、まだわたしが村を出た理由を説明してなかったわね。ここからはその話をするわ。わたしは、オリーブがこの記録を残したあとの行動を知りたかった。村の真実を突き止めたオリーブは、村へ戻って生涯そこで暮らしたのか？　自分を愛するあまりにこの世界をつくり上げたリリーを、それでも愛したのか？　わたしがオリーブの記録を最後まで聞いたとき、門番がこう言ったの。

「オリーブはその記録を残してから十年後、再び地球へ向かったのだよ。そして地球で生涯を終えた」

またもや衝撃的な話だった。オリーブが地球へ戻ったという事実は、その後も長いあいだわたしの心をかき乱したわ。わたしはオリーブが村へ帰ってきた理由、そして再び地球へ戻った理由について想像を巡らせた。門番はわたしの推測にはっきりとは答えなかったけど、「ありえそうな話だ」って言ってくれたの。

門番はわたしに、オリーブがデルフィーのそばで永遠の眠りに就いたことを教えてくれた。地球に行ったら、その墓に花を供えてやってくれとも。地球へ戻ったオリーブがどんな人生を送ったのかに関する記録はわずかしかない。でも、門番が教えてくれたわ。彼女の墓碑はボゴタにあって、こう書かれてるの。

「デルフィーのオリーブ。分離主義に立ち向かった人生。

彼女の愛はここに眠り、結実はのちに訪れるだろう」

オリーブはデルフィーと共に地球に残った。そして共に分離主義に抵抗した。彼女の母親、リリーが地球に残した痕跡を少しでも変えようと闘ったのよ。

もしかしたら地球に発つ前、オリーブが村に残した最後の痕跡こそ、この巡礼の習わしなのかもしれない。わたしたちは成長するにつれ、外の世界に興味を抱き、この平和な村の外で何が起こっているのかを知りたくてうずうずし始める。そしてついに、巡礼の旅に出る。

オリーブはそうやって、わたしたちが必ず一度はこの世界を離れるようにしたの。

きっと、地球に降りてすべてを目撃し、わたしたちが何から目を背けてきたのか、わたしたちが自分たちだけの美しい村で暮らすあいだ、その惑星では何が起きているのかを見てこいという意味で。

さあ、残る質問は一つね。

地球が本当にそこまで息苦しい場所だとしたら、わたしたちがそこで学ぶのが人生の不幸な裏面にすぎないとしたら、旅立っていった巡礼者たちはなぜ帰らないのか？

彼らはなぜ地球に残ったのか？　この美しい村を離れ、保護と平和を顧みず、あんなに残酷で孤独でわびしいばかりの光景を見ても、なぜここではなくあちらの世界を選ぶのか?

ソフィー。どうしてわたしたちが「互いに」恋に落ちないのか考えたことある？「始まりの地」の歴史を学ぶなかで、過去の人々があれほど愛し合うのを目の当たりにしながら、わたしたちはこの村で生まれ育った者たちが恋人同士にならないのを不思議に思わなかった。同じ子宮から生まれ兄弟姉妹のように育ったわたしたちが互いにときめきや性愛を感じないのは、単なる偶然だと思う？

地球にはわたしたちとはかけ離れた、驚くほど異なる存在がうじゃうじゃいるはずよね。今なら想像できるわ。地球へ向かったわたしたちは彼らと出会い、多くは誰かと恋に落ちる。そしてわたしたちはやがて知ることになる。その愛する存在が相対している世界を。その世界がどれほどの痛みと悲しみに覆われているかを。愛する彼らが抑圧されている事実を。

オリーブは、愛とはその人と共に世界に立ち向かうことでもあるってことを知ってたのよ。

この話をすべて信じられる?

真実を知ってから、わたしは毎日のように夜通し地球に、巡礼者たちの生涯に思いを馳せた。

巡礼者たちは誰を愛したんだろう。地球の人たちは南米や、アメリカ西部や、インドに散らばっているはずよね。きっと多様な姿で、多様な生き方をしてる。でも、彼らがどんな姿であろうと、巡礼者たちは彼らのなかに唯一の、愛さずにはいられない何かを見つけたのでしょうね。

そして彼らが相対している世界を目にする。わたしたちの原罪。わたしたちを愛するあまりにリリーがつくり上げたもう一つの世界。最も美しい村と、最も悲惨な「始まりの地」の隔たり。その世界を変えなければ、誰かと共に完全な幸せを手にすることはできないことに、巡礼者たちは気づくことになる。

地球に残る理由は、たった一人で十分だったのよ。

手紙を書いてる今も、ずっと考えてる。わたしたち以前の巡礼者たちは、少しでも地球を変えられたんだろうか？　そこはオリーブが降り立った数百年前と変わらず、悲しみと痛みに覆われているんだろうか？　世界の至る所に巡礼者の痕跡が残っているはずだけど、彼らは、リリーとオリーブの子孫たちは世界を変えるために何をしたんだろう……。わたしは、どうしても自分の目で確かめたくなった。これ以上は待てなくなったの。

ソフィー。最後に一つだけ。わたしが初めて村に疑問を抱くようになったきっかけ、あの小屋の裏にいた帰還者のことよ。定められた成年式より少し早く地球に行くことを決めたとき、こっそり彼を訪ねて訊いたの。地球で何があったのかって。

彼は悲しい真実を語ってくれた。地球で彼が愛していた人と、そのやるせない死について。その人が残した、幸せになってくれという遺言について。

わたしは言ったわ。あなたの最後の恋人のために、あなたができることがあるはずだと。

そして訊いたの。もう一度一緒に地球に行かないかって。

地球へ行くと答えたときの彼は、それまで見かけていた沈鬱な顔に比べれば、いくらかましな微笑みを浮かべていたわ。

そのときわかったの。

わたしたちはかの地でつらい目に遭うだろう。

でも、それ以上に幸せだろう。

ソフィー、これでわたしが先に旅立つ理由をわかってくれるものと信じてるわ。

それじゃあ、いつか地球で会いましょう。

その日を待ちわびながら、
デイジーより。

スペクトラム

스펙트럼

カン・バンファ 訳

若いころの祖母の写真を見たことがある。白い宇宙服に身を包み、ぽんと押せばひっくり返ってしまいそうなほど大きなヘルメットをかぶって、宇宙探査船に乗り込んでいる祖母。超小型レーザー推進装置を搭載した宇宙船はなんとも小さい。やっと旅客機ほどのサイズだ。これほど小さな宇宙船が時空間をワープして人間を宇宙の反対側へ運べると知ったとき、人々は宇宙への期待で浮き立った。今思えば、祖母はヘルメットの奥で満面の笑みを浮かべていたような気もする。これから自分の身に降りかかることを、ちっとも予想していないかのように。

祖母はスカイラボでも注目株の研究員だった。スカイラボは、宇宙のどこかにいるだろう地球外生命体を探査するために設立された研究所で、超小型レーザー推進装置を初めて開発した宇宙航空会社からの全面バックアップを受けていた。祖母が探査隊に加わったのは、すでに先行探査で数百種類の地球外有機物と微生物が発見され、誰もが興奮状態にあったときだった。でも肝心の、みんなが心底知りたがっている問いの答えはまだ見つかっていなかった。

〈わたしたちは本当にひとりなのか？　この広い宇宙に本当にわたしたちだけなのか？〉

祖母はスカイラボの三十三人目の生物学者として探査船に乗った。当時まだ幼かった母に、あなたが大人になる前に必ず戻ってくると約束して。そして間もなく、探査船は跡形もなく姿を消した。ビーム推進装置の欠陥によりワープ過程にトラブルが発生したという調査結果だった。会社側は強く否定したが、攻防の果てに推進装置の設計ミスを認めた。祖母はそのとき三十五歳だった。

祖母は太陽系の外を漂っていたところを救助された。個人用脱出シャトルに乗っていた祖母はひどい栄養失調状態で、認知能力も低下していた。自分の年齢さえわからないほどに。失踪から四十年ぶりのことだった。

四十年のあいだに、地球では初の「接触」があった。人類が初めて地球外知的生命体の存在を確かめた事件。近くの恒星系からの異常信号をキャッチした探査船が対話を試みた。だが、コンタクトは無残な結果に終わった。彼らは地球人とのいかなる交流も望んでおらず、邪魔されたくないという意思をはっきりと示してきて、許可なく自分たちの惑星系に近づいた探査船を煙のように消してしまった。地球のほうからも、危険を冒してまでさらなるコンタクトを試みることはなかった。その後、彼らも、彼らの惑星も、人間の探査船に捉えられることは二度となかった。人類は彼らの姿形を見ることはおろか、声さえ聞けなかった。宇宙に知的生命体がいないわけではなく、単に彼らが地球人を避けているのかもしれなかった。

ファーストコンタクトが残念な結果に終わったのち、祖母が救助された。祖母はたちまち世界中の注目の的となった。自分こそが初めて地球外知的生命体を発見した人間だと述べたからだ。祖母は、地球外に人間とは別の知的生命体が暮らしており、自分は彼らと長いあいだ共に過ごして戻ったのだと語った。祖母の言うとおりなら、人間はすでに二種類の地球外知的生命体に遭遇しており、人類史上初の接触も二十年ほど早まることになる。それでもじきに、人々は祖母を無視するようになった。それはある程度、祖母が自ら招いたことでもある。

「それで、一体その宇宙人はどこにいるんですか？」

祖母はいざその惑星の位置のことになると、口をつぐんだ。宇宙人が存在するという証拠も皆無だった。宇宙人に会ったとき、祖母は記録ツール以外になんらの装備も持たないまま遭難状態にあったために、写真や映像はおろか、宇宙人の発する言語を録音した資料さえないと言うのだった。当初、祖母は虚言癖を疑われた。次には同情の眼差しが向けられた。まれに祖母の主張に耳を傾けるべきだと考える人もいたが、祖母の沈黙を前にかぶりを振りながら去っていった。とうとう祖母は、四十年間ひとりぼっちで宇宙を漂いながら孤独のなかで半ばおかしくなり、哀れにも空想を真実と信じ込んでしまった老人ということになった。

それでも一つだけ、祖母が決して譲らないことがあった。

「わたしは最初の接触者だったのよ」

祖母は亡くなるまでそう語っていた。

＊＊＊

遭難から十日目、ヒジンは彼らに出会った。

航宙中に偶然見つけた惑星は、そのまま通り過ぎるにはあまりに魅力的だった。遠距離からの測定データ上に、すでに地球と似通った特性が見られたからだ。決められた航路をしばし外れて、軌道探査だけでも試みようという船長の提案に反対する者はいなかった。

皆が期待に胸を膨らませていた。経路を変更して惑星に近づく過程で、何かが起こった。ささいな欠陥が災いへとつながった。辛うじて脱出シャトルに乗り込んだが、ヒジンには最後の瞬間の記憶がなかった。気が付いたときには、見知らぬ惑星の地表面にいた。

ヒジンはチャンバーのそばで目を覚ました。川の水に流されてきたのか、チャンバーは浸水していた。辺りのどこにも脱出シャトルの本体は見えない。墜落した場所からはるか遠くまで来てしまったか、海に落ちて沈んでしまったか。悪い想像しか浮かばなかった。危険な状態になると、搭乗者をシャトルから押し出す安全システムがあると聞いていた。しかしそのシステムが稼動したとすれば、事態はいっそう絶望的だ。シャトルがなければ、地球へ救助信号を送ることができないからだ。ヒジンは着ていた服をまさぐって、持ち物をすべて取り出した。小型発電機が付いた研究記録装置と救急箱がすべてだった。

ヒジンは歩き続けた。地球の荒れ地を模したような惑星だった。植物はどれも、地球で育つそこらの木に似ている。記録装置でシャトルの信号を追跡してみたが、受信反応はなかった。巨大な生物を何度も目撃した。地球の爬虫類に似た動物たちに出くわしたときは、恐ろしさに震え上がって逃げ出した。一週間が過ぎると、我慢できず惑星の実を採って食べた。ひどい味だったが、死にはしなかった。ヒジンは吐きそうになるまで実をほおばった。

照り付ける陽射しの下、陰を求めてひたすら歩いた。すべて思い違いかもしれない、ここはひょっとしたら地球のどこかの砂漠かもしれないと信じたかった。だが夜ごと昇る五つの衛星は、ここが地球でないことを証明するかのように輝いた。記録装置だけが、ヒジンが慣れ親しんだ地球式の時間の経過を告げてくれた。

ついに彼らを見つけたとき、ヒジンは自分が幻覚を見ているのではないかと思った。人がいた。二足歩行の、手足を持つ人たち。とうとう誰かがヒジンを助けに来たのだろうか。違う。そんなはずがない。ここは見知らぬ惑星だ。動悸がゆっくりと静まった。彼らの姿がまともに視野に入ってきた。ヒジンは大きな岩の陰に身を潜め、地表をするすると滑るように歩く彼らを観察した。人ではなかった。

子どものころのヒジンは、溢れるほどのエイリアンコンテンツのなかで育った。ヒジンが七歳のとき、人類は初の時空間ワープに成功し、数ヵ月後には宇宙微生物が発見された。宇宙微生物は有機化合物のほかに、ヒ素や金属元素で構成されていた。その影響か、映画に出てくる宇宙人はいっとき、きらびやかな表皮を持つ甲殻類に似たものばかりだった。その後はいっそう人間の姿からかけ離れてゆき、人間とは似ても似つかない宇宙人であるほど真実に近いものとされていった。ヒジンの頭にあった宇宙人も同様だった。運よく、いつか宇宙のどこかで知的生命体に出くわすとしたら、彼らは人間とはかけ離れた姿をしているはずで、それまで想像したことのない姿だろうと信じていた。

ところが、現実はこんなものか。ヒジンは内心思った。幻覚を見ているにしては、宇宙人の姿が陳腐すぎる。目の前の彼らは人間よりはるかに背が高いものの、人間の遠い親戚のような体をしている。グレーの皮膚の上に動物の革と思しきものを巻き付け、前屈みではあったが二足歩行をし、手足があった。五、六体の個体が群れで移動し、服の上に用途のわからない道具をたくさんぶら下げている。歩いていた彼らは足を止め、ひとしきり辺りを見回しながら何か会話をしているようだった。ヒジンには解析しがたい音声だった。

その振動が耳に届いたとたん、にわかに目が覚めた。ヒジンはその場に凍り付いた。幻覚ではない。彼らはここに実在している。見知らぬ惑星で遭難して以来、あらゆる現実が夢であってほしいと心から願っていたが、今この瞬間だけは決して夢であるはずがなかった。

道具の使用、象徴言語の存在、社会的相互作用……明らかな知性の証拠。

話しかけてもいいだろうか。彼らが本当に知性を持つ生命体なら、ヒジンの窮地に手を差し伸べてくれるかもしれない。ここで見かけたほかの生物はどれも、彼らより巨大で危険だった。今彼らから逃げたとして、あとどれだけ生き延びられるだろう。そのとき、もう一つの考えがヒジンを引き止めた。彼らが好意的じゃなかったら？　単に死を早めることにしかならなかったら?

対面は接触の最終ステップだ。原則に従えば、知的生命体とのコンタクトは遠距離から近距離へと順次に移行される。危険要素を洗い出し、身辺の安全を確保して初めて接触を試みることができるのだ。

だが今、原則は無意味だった。ヒジンは無力で、持てる道具も装備もなく、死にかけていた。

「助けて」

彼らの視線がヒジンに向けられた。聞き取ってもらえると期待したわけではない。ただ、自分の無力さに気づいてほしかった。言葉を話す存在だということ、生かしておいて観察するに値する存在だということを知らせたかった。だが、間違った判断だったろうか。

そのうちの誰かが武器を手に取った。

「邪魔したりしない。ただ、帰る方法が見つかるまで……」

素早い動きだった。逃げる隙もなかった。一瞬で近づいた個体が、ヒジンに向かってナイフを振りかざした。ヒジンはぎゅっと目をつぶった。

痛みを感じたが、耐えられないほどではなかった。

目を開けたとき、ヒジンは誰かが攻撃を防いでくれたことを知った。ナイフは空中で止まっていた。ナイフを握っている個体に、ほかの個体たちが何か言っていた。とても理解できそうにない言葉のなかから、唯一「ルイ」という音だけが聞き取れた。ヒジンは顔を上げて、自分を助けた個体と向き合った。黒い横長の目がヒジンを見つめていた。今まで見てきたものとは違う、とうてい感情を読み取れそうにない視線。

これが、一体目のルイとの出会いだった。

巨大な洞窟型の住みかに着いたとき、ヒジンは彼らが群落をつくって暮らしていることを知った。群れで暮らす習性。干上がった川を挟んで、数百の洞窟が層を成していた。ヒジンはルイに付いて、層と層のあいだに延びる坂を歩いた。洞窟ごとに一体か二体の個体が暮らしていた。群れ人（びと）たちに警戒するような目でにらまれ、ヒジンはなかをのぞき見ないよう努めた。彼らはとても背が高く、そばに並ぶだけで威圧感を受けた。

ルイの部屋は日当たりが良かった。なかには革の敷き物と、硬く平たい岩、角（つの）と金属で作られた道具があった。なかでも目を引いたのは、奥の壁に掛けられたたくさんの絵だ。特定の形を成さないそれは、人間で言うところの抽象画のようだった。豊かな色合いが各々の空間を占め、ゆるりとしたやわらかな線で区切られている。絵は外からの夕陽に照らされて、なんとも奥深い色に染まっていった。ルイはヒジンを残して出て行った。ヒジンは絵を間近で見たかったが、奥へ入らせないようにするためか、石と金属の道具が垣のように張り巡らされていて近寄れなかった。

ルイは間もなくして戻ると、ヒジンに水を与え、革の敷き物の上に実を並べた。だがルイは、それ以上ヒジンに構わなかった。代わりに、平たい岩の前へ行き、仕事を始めた。ナイフで角を削って道具を作っているようだった。

彼はなぜヒジンを助けたのだろう?

ヒジンはルイの後ろ姿を横目で見ながら、敷き物の上の実を取った。聞きたいことはたくさんあったが、急激な飢えと渇きを感じていた。これまで以上に長い時間をこの惑星で過ごすことになるかもしれないのだから、食べられるものを知っておく必要もある。ヒジンは圧縮応急キットに入っていた最後の免疫カプセルを口に含み、ルイが運んできた革袋の水を飲んだ。ひどい味の実もあったが、すべてがそうではなかった。なかには多少の甘みを感じるものさえあった。

遭難後、初めて空腹を満たしたヒジンに、とてつもない疲労が押し寄せてきた。気絶するように眠って目を覚ましたときには、かなりの時間が経っていた。洞窟の外は暗かった。天井からぶら下がる光源が岩の上を照らしている。ルイはまだ作業を続けていた。いまだに、なぜ彼が自分を洞窟に連れてきたのか見当がつかなかった。ヒジンを助けたことは確かだったが、今はまったく無関心に見えた。

ヒジンはルイの背後を通って洞窟の入り口へ出た。ルイの視線がほんのしばらくヒジンに向かい、再び岩の上へ戻った。濃い闇に包まれた峡谷の上の空が青みがかっている。朝が近づいているようだ。空を丸く囲む五つの衛星が見えた。ここは地球と同じく、太陽が昇っては沈み、地上で生物が集って暮らす惑星なのだ。

ヒジンはこの惑星が怖かった。だが同時に、知りたくもなった。

望もうが望むまいが、ヒジンはすでに人類初の接触者だった。人間はこの宇宙でひとりぼっちなのか。今その問いに答えられるのはヒジンだけだった。ひとりではない。宇宙のどこかで絵を描き、象徴言語で会話する知的生命体が群れをつくって暮らしていたのだ。自分には彼らについて調べる義務がある、ヒジンはそう思った。

ルイはヒジンの手首に小さな角飾りを着けてくれた。ヒジンに向かって威嚇するように近づいてくるほかの個体も、その飾りを見ると威嚇をやめた。ヒジンをルイの所有物のように思っているらしかった。

ルイと過ごすなかで、群れ人に関するいくつかの事実がわかった。彼らは谷の外へ集団で出かけて、狩りをしたり植物を採集したりした。谷からやや離れた場所では小規模の農耕も行っていた。狩りに使われる武器はおおかた原始的な形をしていたが、谷の両端には植物の茎で編んだ複雑な形の仕掛け罠も置かれていた。群れ人のうち家族らしき単位は同じ部屋を使うこともあり、彼らはどうやら有性生殖をしているようだった。

群れ人を一体一体見分けるのは難しかった。幸いにも、彼らはアクセサリーを好んだ。小さな赤い鉱物を首から提げているのがルイだった。腕の数も異なる。ルイは人間のように二本。だがほかの個体は、たいてい三本以上の腕を持っていた。身体条件は彼らのあいだでも、互いの力と能力を見せつける用途に使われているようだった。ルイは群れ人のなかでは小柄なほうだった。また、ほかの個体に比べてひときわ落ち着いていて、おとなしかった。

ルイは狩りには加わらず、ごくたまに採集にのみ参加した。ほかの個体との交流も少なかった。代わりに、一日のほとんどを道具を削り、その道具で絵を描いて過ごすのだ。時折、ほかの個体がルイの絵を借りていき、明くる日に返しに来た。洞窟を空けているあいだに誰かが置いていったのだろう、葉っぱでできた紙の束を見つけることもあった。絵は洞窟の一番奥に重ねて掛けられ、古くなったものは束ねて床に積まれていた。絵は彼らにとって重要な意味を持つようだった。

ヒジンは、群れ人が狩りを終えたあとの残りの革をもらって体に巻きつけ、その下に記録装置を潜ませて、植物を採りに行くルイたちに付いていった。脱出シャトルの信号を追跡するためだった。仮にシャトルが壊れていたとしても、残骸のなかから救助信号の発信モジュールを見つけられるだろう。そうすれば、近くの宇宙船に救助信号を送ることも可能かもしれない。

群れ人との高次元的なコミュニケーションは成功しなかった。これまでの観察によれば、群れ人は明らかに高度に発達した言語システムを備えているようだったが、ヒジンには彼らの言葉が聞き取れなかった。彼らの音声言語は、人間の可聴周波数の範囲を超えているようだった。ヒジンに興味を示して近づいてくる一部の個体たちも、ヒジンに話しかけることはない。彼らのほとんどは、それぞれの仕事に追われていた。ルイだけはヒジンの世話をし気遣ってくれたが、その暮らしには、今以上にヒジンを構う時間はないようだった。

地球の外で初めて知的生命体を発見したという興奮は次第に冷めていった。群れ人にとっては、見知らぬ生命体との遭遇は驚くべきことではないのだろうか？　ヒジンがほかの惑星から来たかもしれないという認識は彼らにもあるのだろうか？　会話ができないのだから尋ねてみることもできない。広大な宇宙で自らが孤独であることを認識し、他者との遭遇を渇望することそのものが高度な自己認知能力を要するためだろうか。群れ人は、まだそのレベルの哲学と自我の概念を発明できていないのかもしれない。じわじわと懐疑の念が湧いてきた。ヒジンは文字言語の痕跡を見つけるためにこっそり谷を調べてみたが、文字らしきものは見つからなかった。

昼間は群れ人のあとに付いてシャトルの信号を探し、夜はなんの手掛かりも見つけられないまま床に就く日が続いた。驚くべき発見をしておきながら、その発見の意味さえまともに見極められないという事実に苦しんだ。

ヒジンは学者だった。調べ、分析することが本来のなりわいだった。だが今、いかなる道具もないこの場所で、ヒジンはあまりに無力だった。もしも事がうまく運んでいれば、ヒジンは探査船の装備を存分に利用できていただろう。少数言語分析プログラムは可聴周波数を超える音波から一定のパターンを読み取り、群れ人の言語を分析してくれるはずだ。彼らが今日の狩りと実を採集した場所について話しているのか、彼らの住みかに突然現れた見知らぬ生命体について何を語り合っているのかわかるだろう。だが今のヒジンにあるのは、己の体と感覚のみ。

数週間後、ヒジンは荒れ地で部品の一つを拾った。ごく小さな金属の部品だ。脱出シャトルの残存を示す手掛かり。荒れ地に吹く強風に巻き込まれて転がってきたのだろうから、シャトルが近くにあるという保証はない。だが、惑星のどこかにまだシャトルがあるのなら、いつかは捜し出せるかもしれない。

「ルイ、やっと見つけたの」

ヒジンは手に握った部品を振って見せながら、洞窟へ入っていった。無性にルイに話しかけたかった。ルイはヒジンをじっと見つめて何か長い音を出したが、ヒジンにはまったく理解できなかった。やがて、ルイは岩の上の絵に視線を戻した。やっぱり通じないか。興味くらい持ってくれてもいいのに。見知らぬ機械の部品を見せればルイが興味を示すかもしれないと期待していたヒジンは、内心がっかりした。

その日の夕方、ルイは普段よりずっとたくさんの実を手に現れた。ヒジンが驚いた表情を浮かべると、ルイは、ヒジンが部品を隠し入れていた袋を指し示した。まるで、ヒジンに訪れた幸運を祝っているかのような行動だった。少しでも意味が通じたのだろうか？ヒジンは嬉しさのあまり、ルイを抱きしめてあげたい気持ちだった。

ルイと一緒に過ごす時間が長くなると、ヒジンは群れ人にも豊かな非言語的表現があることに気づき始めた。具体的な意味を把握することは難しかったが、彼らの表情と動作によって、ポジティブな反応とネガティブな反応を区別できた。ルイもまた、当初よりヒジンの扱いに慣れてきた。初めのうちは、手をつかまれただけであざができていた。頑丈な皮膚を持つ彼らに比べて、ヒジンは傷つきやすいということをルイが理解できなかったからだ。今のルイは、ずっと弱い力でヒジンをつかむ。ルイ以外の個体たちも、もうヒジンを威嚇するようなことはなくなり、時には採集中に現れたほかの生物から守ってくれることもあった。親切、配慮、優しさ。人間に備わるプラスの特性と考えられるものを、彼らもまた備えていた。

群れ人と人間の共通点と同じぐらい、この惑星と地球の生態にも多くの共通点があった。この地における生命体の進化が地球とは別途に起こったとすれば、これらの共通点は驚嘆に値した。何より、ヒジンが惑星で採れる実や狩りの産物を摂取していまだに生き延びていることは、惑星と地球の生物の生化学的基本要素が一致するという証拠だった。ひょっとするとこの惑星は、「微生物＝地球外生命の種（パンスペルミア）」説を証明する現場なのかもしれない。宇宙塵（じん）によって広がった地球の古代微生物が、ほかの惑星で生命の源になったかもしれないという仮説だ。そうなると、この惑星の生命体と人間は共通の祖先を持つことになる。

新しい事実が見つかるたびに胸がいっぱいになった。もっとたくさんの事実を突き止めたい。だが当面は、何より脱出シャトルを見つけなければ。ヒジンの身が無事でない限り、惑星についていかに多くの事実をつかんでも意味がない。それを受け取る人がいないのだから。まずは地球へ帰る方法を探すのだ。そうすれば技術の力を借りて、この惑星をより深く理解できるだろう。

挫折と決心をくり返しながら、ヒジンはシャトルの信号を追跡した。群れ人が用いる葉っぱの紙をもらって、洞窟周辺の地図を描いた。彼らが毎度、異なる場所へ狩りや採集に行くおかげで、地図の範囲は徐々に広がっていった。信号は依然キャッチできないままだった。

二つ目の痕跡を見つけるまでにさらに数ヵ月。見つかったのはシャトルの存在を知らせる信号ではなく、荒れ地で拾った二つ目の部品だ。おそらくは、一つ目の部品と同じようにここへ運ばれてきたのであろう部品。しかしそれは、不吉な暗示にも思えた。強風で脱出シャトルが壊れかかっているとしたら、シャトルの発見が遅れるほど救助の可能性は低くなる。ヒジンは部品を握り締めた。一抹の可能性を信じたかったが、何もない砂の上をまさぐっているような気分だった。

その日、二つ目の部品を手に部屋へ戻ったヒジンは、洞窟のなかに冷やりとしたものを感じた。ルイが岩にうつ伏せるようにして眠っていた。ルイのそんな寝姿を見るのは初めてだった。作業中の絵がルイの上半身の下敷きになっていた。道具はばらばらに散らばり、染料は床に落ちている。ヒジンはその場に固まった。寝ているのではなかった。

ルイは死んでいた。

＊＊＊

この辺りまでくると祖母は一旦話をやめ、わたしを書斎へ連れていった。すでに何度も聞いていて、祖母がいつもそこで少し休むことを知りつつも、わたしは毎度そ知らぬふりをして祖母のあとに続いた。祖母の書斎は常に何かでぎっしり埋まっていた。机の上は染料や絵の具、研究書で取り散らかっている。書斎全体からかすかな埃の匂いがした。カーテンを開けると午後の陽射しが部屋のなかに降り注ぎ、本の粒子が入り混じった埃が光の跡を追うように立ち現れた。飾り棚を埋め尽くしているガラスがきらめいた。

祖母は地球に戻って以来、生涯にわたってガラスを集めた。祖母の書斎を埋め尽くしているガラスのコレクションはとても多彩だった。ガラスで作られた工芸品から、プリズム、レンズ、鏡に至るまで。祖母はそのガラスで本や絵をのぞき込むこともあれば、懐中電灯でそれらを照らして見ることもあった。ガラスを集める理由を、祖母からじかに聞いたことはない。でもわたしは、その理由を推測してみるのだった。光を集め、分散し、普通の感覚では見られない対象を見せてくれるもの。祖母が惑星にいるあいだ何より欲しかったのは、きっとこんな道具だったのだろう。

群れ人の寿命が地球人よりずっと短いこと、長くても三年から五年という事実を祖母が知ったのは、もう少しあとになってからだ。

何度聞いても驚くべきことは、祖母が描写する、群れ人の最も異彩な属性だ。彼らは、死に至ってからも死なないものと固く信じている。彼らが信じるところによれば、自我は決して途切れることがない。体を替えながらずっと伝わり続けるのだ。

「彼らは、魂はその前の個体から次の個体へ引き継がれると信じていたわ。間もなくして、わたしは二体目のルイに会ったの」

＊＊＊

数日後に新たに洞窟に現れた個体を、彼らは同じく「ルイ」と呼んだ。ヒジンは二体目のルイが首飾りを着けていることに気づいた。以前のルイが着けていたものと同じ鉱物だった。二体目のルイの背はヒジンの肩ほどぐらいしかなかったが、日ごとにみるみる成長し、すぐに成体に近い体格になった。

頭が混乱した。彼は一体目と同じルイなのだろうか？

ヒジンはルイの葬儀に出ていた。葬儀は簡素かつ手短に行われた。死んだ個体の遺体を土器に収めて川に流すと、向こう岸から幼い個体がいかだに乗ってきた。何か宗教的な意味があるのだろうとは思っていたが、それが個体の魂と自意識を移し入れる過程だとは思

い も寄らなかった。群れ人はヒジンを呼び出し、新しいルイを指して「同じ」と手振りで示した。そして川向こうへ送り出したルイを指して、今度も「同じ」というしぐさをした。

意識が別の体に移ることは可能だろうか。ヒジンは当然、不可能だと思った。それを信じることは一種の原始信仰にすぎないように思えた。だが二体目のルイは、あまりにも一体目のルイと似ていた。

二体目のルイも一体目のルイと同様、絵を描いた。一体目のルイと同じようにヒジンの世話をし、実を採ってきてくれ、ほかの個体や動物たちの威嚇から守ってくれた。角飾りを着けてくれ、ヒジンの言葉にじっと耳を傾けた。理解しているようではなかったが、それなりの反応も見せた。二体目のルイもやはり、ヒジンの主人のごとく振る舞った。この谷でヒジンに最も優しい、無条件の好意を尽くす個体。そんな存在はルイだけだった。

だが、すべてが同じなわけではなかった。

二体目のルイは一体目のルイより長い時間絵を描き、より華やかな色彩の絵で洞窟を飾り、ヒジンの行動により多くの関心を抱いた。ヒジンが描いた谷周辺の地図にも興味を示した。ヒジンが使う文字や音声言語を理解することはできなかったが、彼はヒジンの言葉にあるパターンが存在することを知っているようだった。二体目のルイは、ヒジンが好む実と革を把握していたし、ヒジンの手振りを以前のルイ以上に理解した。群れ人の腕の動きは人間のそれとは違っていて、身体言語は互いに一致しないようだったが、ヒジンとルイはいくつかのジェスチャーを共有できるようになった。ごめん、ありがとう、ハーイ。今ではそんな言葉を交わせるようになっていた。

——おやすみ。

初めておやすみの挨拶をして敷物の上に身を横たえたとき、ヒジンはふと泣きたくなった。それまでは知らなかった。たったそれだけの言葉を伝えるだけで、誰かをいっそう大切に感じるようになるのだということを。

明くる日、ヒジンはいつもと違い、群れ人の採集に付いていかなかった。代わりに、葉っぱを編んで作ったノートと、こすると黒い跡が付く植物の茎を手に谷底へ向かった。その日からヒジンは、惑星の風景を描いて記録に残した。この地の植物の独特な内部構造、光る鉱物質を体に備えた小動物、岩に張り付いて育つ、きのこに似た生物。形態を細かく観察して見たままを描こうとしても、結果はいつも実物と少しずつ違っていた。ルイが使う変わった染料と道具をどんなに真似て使ってみても、本来の色は出せなかった。

だがヒジンは、この惑星を目で見て自らの手で残すことに、地球の道具を使うことなく、惑星そのものを感覚だけで受け止めることに、ゆっくりと慣れていった。ヒジンは長いあいだ、見ることも聞くこともできないもの、観念的なもの、感覚の外側にあるものを扱ってきた。本来のヒジンの世界は、顕微鏡のなかに、定量化されたデータのなかに、グラフや数字のなかにあった。だがこの惑星は、ひとえにヒジンを取り囲む風景としてのみ存在し、ヒジンはその事実を受け入れなければならなかった。

ヒジンは、群れ人に数の概念があり、二進法を操れることを突き止めた。彼らが昼の空と夜の空を観測し、この惑星の外の世界について仮説を立てていることもわかった。彼らは己を探求し、世界を探求する存在だった。

突き止めた事実の裏で、いまだに答えの出ない問いがあった。ヒジンはこの星の生命体が何で構成されているのか知りたかった。彼らを支配しているセントラルドグマは何か、彼らは地球の生命体と同じたんぱく質とゲノムを共有しているのか、彼らはどのように世界を知覚しているのか。彼らの視神経にこの世界の風景がどんなふうに届いているのか知りたかった。何より、時折ルイがヒジンに向かって口を横に広げながら顔をゆがめるとき、それはヒジンの真似をして微笑んでいるということなのか知りたかった。それがわかれば、微笑み返すこともできるのに。

二体目のルイは二年後に死んだ。

数日後、三体目のルイがやって来たとき、ヒジンは彼をどう受け止めていいかさっぱりわからなかった。彼らには本当に同じ魂が宿っているのだろうか？　同じルイなのだろうか？

三体目のルイは以前のルイのように絵を描き、ヒジンに優しく温かく接した。そして彼は、以前のルイたちよりさらに短いあいだしか生きられなかった。三体目のルイもほかの個体に比べて小柄で、腕は二本しかなかった。

ヒジンは、ルイたちの寿命がほかの個体に比べて短い理由は自分にあるのかもしれないと思った。もしも群れ人と地球生命体が互いの生化学的構成を共有しているとすれば、ヒジンが持ち込んだ数多くの地球由来の微生物は、彼らの体に致命的な影響を与える可能性もある。そしてその仮説は、ヒジンを悲しくさせた。

三体目のルイの葬儀が予定されていた日、群れ人の天敵が洞窟の住みかに集団攻撃を仕掛けてきた。ヒジンには隠れる場所も逃げる場所もなかった。ルイのいない洞窟にひとり取り残され、恐怖に震えていた。攻撃は日暮れまで続いた。群れ人は天敵を追い払うのに成功したものの、この攻撃で多くの個体が死んだ。

明くる日から二日にわたって葬儀が営まれた。三体目のルイの葬儀は午後早くに行われることになっていた。ほかの個体たちがヒジンに教えてくれたが、ヒジンは川へ出かけなかった。

代わりに、洞窟の奥へ踏み入った。そこには積み重ねられた絵があった。ルイはこれまで大らかな態度でヒジンに接してきたが、絵に触れることだけは許さなかった。ヒジンが絵の近くにいたり触る真似をすると、ルイはネガティブな表現をして見せた。ヒジンは、なぜルイがそれほど絵を大事にするのか知りたかった。絵を描くことにこれほどの時間を費やすには、ルイの寿命は短すぎる。だとすれば、絵には彼らの短い一生を丸ごと捧げるだけの意味がなければならない。

ヒジンは絵の束を手に取った。

それらをじっと見つめてみる。意味を推し量れない抽象画。葉っぱでできた紙を埋め尽くす色と、非定形のまだら。これまでは、単に彼らの美術が独特な発達を遂げているものとばかり思っていた。

じっと絵に見入るうち、ヒジンはそこにある一定のパターンを見つけた。どの絵にも、ある一角には同じ配色のまだらが登場し、また、あるまだらは一枚置きに見られた。洞窟の床に絵が散乱していた。ヒジンはそれらを床に並べていった。とうてい一致しそうにない複雑な配色のなかにも、同一のパターンがくり返し見られた。ヒジンはこれまで、文字言語の形態を探し当てようとしてきた。だが、形態ではなく色の違い、色のパターンを見るべきだったのだ。

ある考えがよぎった。

もしもこれらの絵が、群れ人が用いる言葉だとしたら。形態ではなく、色の違いを意味の単位として受け取っているのだとしたら。

ルイたちは芸術や感情を表現していたのではなく、意味を記録していたのだとしたら。

四体目のルイが洞窟に入ってきた。まだヒジンの肩までしかない小さな体に、感情の一切こもらない表情を浮かべたルイ。ヒジンが会ったすべてのルイがそうだった。初めて会ったときはいつでも無神経な視線をヒジンに向け、見知らぬ対象に接しているようだった。そして彼らはある瞬間から、再び本来の「ルイ」のようになった。それはどの瞬間だったろう。

ヒジンは四体目のルイが次の行動に出るのを待った。

四体目のルイはヒジンのことを気にも留めない様子で、洞窟の奥へ入っていった。ルイは散らばった絵を拾い、慣れた手つきで整理した。そして平たい岩の前に座ると、ゆっくりと絵を調べ始めた。岩の上にできた陽だまりが徐々に面積を広げ、再び小さくなった。ルイは息を凝らして絵に見入っていた。洞窟にあるすべての絵を一つ残らず読み取ろうとするように。ヒジンは固唾を呑んでそんなルイを見守った。

ずいぶん時間が経った。

四体目のルイが席を立った。ヒジンは四体目のルイの態度が変わったことに気づいた。

ヒジンに向けられる視線、表情。依然読み取れない感情。

ヒジンは後ずさりして、洞窟の入り口のほうへ下がった。ルイはゆっくりとヒジンに近寄った。後ずさりしていたヒジンがよろめいた。ルイが腕を伸ばし、ヒジンを優しくつかんだ。

ヒジンはそのとき、目の前のルイに見慣れた表情を見た気がした。

彼らが本当に色彩で意味を捉えるのだとしたら、洞窟の絵は次のルイに、それまでのルイに関する情報を伝えているのかもしれない。ルイたちはずっと記録し続けてきたのだろう。ルイ自身について、群れ人について、ヒジンという見知らぬ存在について。もしもルイが彼らの歴史を記録する義務を負っているのだとしたら、ルイの洞窟が一番日当たりのいい、常にたっぷりの陽射しが注ぎ込む最も高い場所にあるのも偶然ではないのかもしれない。

急に笑いがこぼれた。心が緩んだ。ルイが、このあいだまで一緒にいたあのルイのように感じられた。ルイはヒジンを見ていた。そしてヒジンの背後に広がる夕焼けを見ていた。

「それならルイ、あなたには」

ヒジンはルイの目に映る赤い夕焼けを見た。

「あの風景が語りかけてくるように映るんでしょうね」

ヒジンには決して、ルイが見ているようにこの風景を見ることはできないだろう。けれどヒジンは、ルイが見ている世界をわずかながら想像することができた。そしてそれが嬉しかった。

ヒジンは四体目のルイから色彩言語を学ぼうと試みた。彼らがどのように色を認知するのかについても知りたかった。別々の光源の下で違って見える色を、ルイはどうやって同じ色と認知しているのか。意味の単位として捉えられるのは色合い自体なのか、それとも隣り合う色との差なのか。彼らの「絵」において形態はなんの役割も持たないのか、それとも特定の役割を担っているのか。四体目のルイもそれまでのルイたちのように、一日中何かを記録するのに忙しかった。だが、今回は思う存分記録に近づくことを許されたため、ヒジンも一日のほとんどを色彩言語の分析に費やすことができた。なかでも、群れ人の用いる独特な染料の性質に魅了された。単純に混ぜるだけなのに、使い手のテクニックによって驚くほど多様な色を放つこの染料の存在が、群れ人の色彩言語に不可欠であることは明らかだった。

だが何度も試みた末に、色彩言語を完璧に理解しようという意欲はついにくじけた。ルイが本格的に色の見分け方を教えようとしたころ、ヒジンにはそれが、彼らの音声言語を聞き取ろうとすることと同じぐらい不可能なことなのだとわかった。群れ人の音声言語は人間の可聴周波数の範囲を超えることもあるため、ヒジンには彼らの発音が聞き分けられなかった。群れ人の色彩言語を理解するうえでも同じ問題が立ちはだかった。

ルイが「違う」と示すあまたの赤色の違いがヒジンにはわからなかった。あまたの青、あまたの紫、あまたの緑と黄色。ルイはそれらの色をすべて異なる意味に捉えているようだった。もし地球にいたなら、人間の感覚を超えた機器があったなら、ヒジンはそれらの言語を間接的にであれ理解できただろう。だが今、ここでは不可能だった。

ヒジンは首を振りながら、絵を床に置いた。

「どうやっても無理みたい。ルイ」

それにもかかわらず、一つ明らかな事実があった。

ヒジンには皆目理解できないやり方で、彼らは以前の個体が残した記録を読んで習得し、そこにある感情や考えを受け入れる。それまでのルイたちがヒジンの世話をし、大切に扱ったから、新しいルイもヒジンの世話をすることに決める。その過程で何か重大な決断があるわけではなく、当然のように「ルイ」になる。

彼らは別々の個体だ。ヒジンは一体のルイが死に、次のルイがその後釜に納まるとき、連続しない二つの自我のずれを目撃していた。魂は引き継がれない。それだけは確かだ。

彼らは別のルイとしてスタートする。

だが彼らはやはり、同じルイになると決めた。そこにはいかなる超自然的な力も働いていない。ルイたちは単に、そうすることに決める。記録されたルイとしての自意識と、ルイとしてのあらゆるものを受け入れる。経験、感情、価値、ヒジンとの関係までも。だとすればヒジンも、彼らを同じ魂として受け入れられるはずだ。

そう思い至ったとき、ヒジンはルイが歩み寄ってくるのを見た。目の前にはじっとりしたグレーの皮膚を持つ、いまだに見慣れない存在が立っていた。心の底から愛するにはあまりに早く死んでしまう、人間の感覚ではちゃんと感じることも理解することもできない完全なる他者。

そのとき、四体目のルイがヒジンを見て口元をゆがめた。

ヒジンにはそれが微笑みであることがわかった。だから微笑み返した。

＊＊＊

祖母の話はいつも突然終わった。

細かい部分はころころ変わっても、ラストはいつでも、不意に訪れた最後の夜の話だった。四体目のルイが死に、五体目のルイに会ったばかりのころ、群れ人の天敵がまたも洞窟を襲撃した。真夜中のことで、ルイは武器を手に反撃し、祖母は逃げ出す隊列に巻き込まれ、押し出されるようにして谷を離れた。二度と元の谷に戻れなかった。二度とルイに会えなかった。そうしてたどり着いた別の谷で、祖母は思いがけず、十年ぶりに脱出シャトルの信号をキャッチした。

脱出シャトルには、宇宙へ救助信号を発信するモジュールが搭載されていた。おかげで祖母は救出され、地球に帰れたのだと言う。

祖母は最後の瞬間について、具体的に語らなかった。当時を思い出すのはとてもつらいのだと。でもわたしは、祖母がそれ以上の何かを隠したがっているという印象を拭えなかった。

最後の話には嘘がある。祖母はその惑星から救助信号を送ってなどいない。祖母のシャトルが救助されたのは、茫々(ぼうぼう)たる宇宙の真空のなかでだった。祖母は群れ人の惑星に十年いたと言うが、実際に祖母が救出されたのは遭難から四十年目のことだった。時空の旅の時差を考慮しても、祖母は二十年以上のあいだ、またもひとりで漂っていたことになる。その長い時間、祖母は一体何をしていたのだろうか？　もしかすると祖母は、なんとかして惑星から遠ざかる方法を探していたのかもしれない。そして誰にもその惑星の位置を追跡できない場所まで来て初めて、ついに救助信号を送ったのかもしれない。

ともあれ、すべては推測にすぎない。祖母はただの一度も、その時間の空隙(くうげき)について話してくれなかったから。

「ルイは本当に死んだのかなあ？」

そんな質問にも、祖母はにこりと微笑むだけだった。

それ以外にも、祖母の話を疑わなかったわけではない。惑星での時間を回顧する祖母の話はしばしば前後が噛み合わず、科学的にもとうてい納得できないレベルだったため、想像の産物ではないかと思う部分もあった。惑星の位置についていかなるヒントも与えられないという祖母の頑(かたく)なさは、理解できないほど揺るぎないものだった。政府や企業、研究所から送り込まれてきた人たちに何度となく説得されても、祖母は固く口を閉ざし続けた。数十年の孤独と寂しさから想像のなかで架空の世界をつくり上げたのだという世間の噂も、さほどおかしなものではないわけだ。

それでもわたしは、長い時間をかけて、次第に祖母を信じるようになった。祖母の話の一部は事実とは異なっているかもしれないが、その記憶の根底には真実があるはずだと。

地球に戻った祖母は、しばしば原因不明の病にかかった。症状は軽いものだったが、医者は、祖母の話が本当だとすれば、地球外の病原体が原因かもしれないと言った。免疫カプセルは完全ではなかったろうから、祖母がその惑星で未知の病原体に感染して死ななかったのは奇跡だった。おそらく群れ人が、なかでもルイが、とりわけ祖母を大事に世話したのだろう。

ルイの善しさを思うとき、わたしは今も地球のどこかに残っているという、人里離れた小さな村を想像する。祖母は、無力でか弱い異邦人だったから手厚くもてなされたのかもしれない。せいぜい彼らの幼体ほどの体格で、彼らを傷つけるだけのいかなる力も武器も備えていなかったから。

でも、わたしたちが再び彼らに会うとき、わたしたちはもうか弱い異邦人ではないはずだ。わたしたちは道具を持っていくだろう。彼らに関する情報を、目で確かめる以前に知っているだろう。彼らの言葉を分析し、彼らの文字を分析するだろう。

ルイと祖母のような関係は二度とありえないはずだ。わたしには祖母が理解できた。最後の脱出で祖母が谷から持ち出せたのは、わずかにひと束の紙だけだった。祖母の言うとおり、そこにあったのは、まるで誰かが数百種の絵の具をまき散らしたかのような多彩な色合いだった。

「これはルイがわたしのことを記録し、観察した日記だったの。一種の研究ノートみたいなものね。わたしが彼らを観察し探索していたように、ルイにとってもわたしは研究対象だったってわけ。もしかしたら彼らは、わたしが遠くからやって来た、道具も持たない無力な学者だって知っていたのかもしれないわ」

祖母はわたしに、ルイが記した記録を読んでくれた。地球に戻ってからの祖母は、余生を色彩言語の解析に打ち込んで過ごした。内容のほとんどは、そこまでの時間を費やして突き止める必要があるだろうかと思うほど、実に平凡な観察記録だった。でもそのなかの、忘れられない一文だけは今も思い出す。

「こう書いてあるわ」

祖母はそのくだりになると、いつもふっと微笑んだ。

「それは素晴らしく、美しい生物だ」

息を引き取る前、祖母は研究ノートの処分をわたしに任せた。わたしは記録のコピーを残し、原本は祖母と共に火葬した。きらめいていた色たちがひとつかみの灰となった。わたしは祖母の遺灰を宇宙へ送り出し、星たちに返してやった。

共生仮説

공생 가설

カン・バンファ 訳

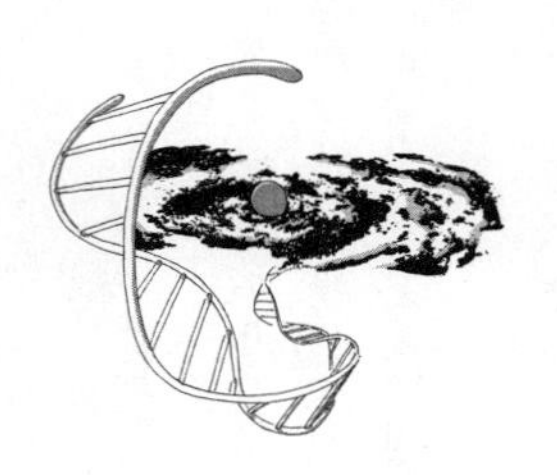

リュドミラ・マルコフには一度も行ったことのない場所に関する記憶があった。

その記憶がいつから、どのようにリュドミラに根付いたのかははっきりしない。リュドミラが幼少期を過ごした児童養護施設の保育士は、自身の回顧録で次のように回想している。

「あの子は五歳のときから、自分が『そこ』からやって来たと言っていました。わたしたち保育士はあまり気に留めていませんでしたよ。子どものそういった空想はよくあることですし、正常な発達過程の一部ですからね。ただ、リュドミラはそれを確信し執着するところがありました。保育士の誰かがその世界の存在を少しでも疑うようなそぶりを見せると、リュドミラはとても悲しみ、つらそうにしました。なので暗黙のルールがあったんです。リュドミラの前では決してそれを疑っているような気配を見せないこと。そうすればなんの問題もありませんでした。わたしたちはみんな、リュドミラが大人になれば、その妄想は自然に消えてしまうものと思っていたんです」

だが保育士たちの予想に反し、その場所に関するリュドミラの記憶は成長後も決して消えることはなかった。

リュドミラの才能は幼いころから際立っていた。保育士たちによれば、リュドミラは色鉛筆を握れるようになると同時に、その幻想的で美しい世界を見事に再現し始めたと言う。だが、これらリュドミラの生涯における初期の作品は美術に秀でた少女の習作ぐらいにしか受け止められず、彼女が施設を離れると同時にすべて廃棄され、今はどこにも残っていない。児童養護施設は色鉛筆よりパンとビスケットを必要とする場所だ。少女時代のリュドミラは、絵を描く時間より空想にふけっている時間のほうが長かった。

十歳のころ、彼女はとある多国籍企業の才能発掘事業の対象に選ばれ、それまでいた施設からロンドンのアカデミーへ移った。その後リュドミラは、一度たりともひもじい思いをしたり、虫の這うような部屋で寝たりしたことはない。

リュドミラはアカデミーに移った直後から、「そこ」を描いた作品を発表し始めた。アカデミーの学生たちの絵を展示する小さなレンタルギャラリーで、その風景が初めて公開された。リュドミラの作品は展示会の初日から注目を集めた。人々は絵の前に立ち止まって涙を流した。一体誰の手によるものなのかという質問が殺到した。

「どうやってこんな世界を想像できたんだい？」

アカデミーの教師は皆舌を巻いた。リュドミラは技術的な面ではまだつたなく、学ぶべきことも多かった。それでも、彼女の描く風景はいつでも人々の心を魅了した。カンバスの上で手を動かすその姿には、何を描くかという煩悶や逡巡など一切なかった。

その世界に関する強烈なイメージは、幼少期から最期の瞬間までリュドミラを支配し続けた。どこかに存在しそうで、実際には存在しない世界。リュドミラは生涯にわたってその風景を描いた。その世界が丸ごとリュドミラの頭のなかにあるかのようだった。彼女の絵はどれも異なる風景を描写していたが、それら部分部分が合わさって一つの世界を鮮やかに、かつ緻密に織り成していた。

「リュドミラ、そこは一体なんという名前なんですか」

記者たちは執拗に質問を浴びせかけた。リュドミラはそのたびに困った表情で「わたしの頭のなかにはあの場所の名前があります。でも、言葉ではなんと呼べばいいかわからないんです」と答えるのだった。最初の何度かは、地球上のいかなる言語にもない言葉と発音でその名を口にした。だが、書き留めることのできない名前に記者たちが苛立ちをあらわにすることが続くと、リュドミラはその場所を単に「惑星」と呼ぶようになった。

名もなき惑星。その名を言葉で言い表せないという事実によって、その神秘的な世界はかえって夢のような想像力をかき立てた。人々はその場所を、リュドミラの惑星と呼んだ。惑星が実在するか否かにかかわらず、そう呼ばれることになったある世界。リュドミラが記憶する、リュドミラが行ったことのある、リュドミラが創造した、リュドミラが一貫して描く確固たる世界。

リュドミラの初期の作品に見られる惑星の姿は、やや抽象的だ。主に青や紫系統の色で塗られたその世界には、はっきりとした形を持つ生命体と、形を持たない生命体が共存している。地表はほとんど海に覆われており、発光性の原核生物が海を漂いながら惑星を光で染めている。水面下と大気中にはより複雑な形態の生命体が固有の生態系を成している。短い昼と長い夜、毎日昇っては沈む太陽が風景に奇妙な色合いを添えている。

リュドミラが成年期に入ると、惑星の姿はぐっと具体的になっていく。そのころから、彼女は作品に積極的にデータを加えるようになる。惑星のあらゆる特性と属性は精密に数値化された。惑星の生命体を描写するその姿は、あたかも現場にいる生物学者のようだった。

カンバスと紙の上に描かれていた初期の絵画作品を経て、彼女は平面からシミュレーションへと一気にスキップした。当時浮上していたシミュレーションアートの世界に迷わず進出し、ほどなく大衆と評論家の賛辞をわがものにした。そして彼女は、技術と技巧しかなかったシミュレーションアートに実在性を吹き込んだと評価される。

そんな賛辞を受けたときのリュドミラの反応はいつも同じだった。

「当たり前です。あの惑星は本当にあるんですから。わたしは見たままを描いているだけです」

人々はリュドミラの惑星を愛した。世界中でリュドミラの惑星が見られた。おかげでリュドミラの惑星は想像の世界ではなく、まるでこの地球上に実在しているかのようだった。人々の愛情は絵を見るだけにとどまらなかった。絵を基に惑星の姿を再解釈した映画や演劇がつくられた。古典も同時代の美術ももっぱら商品としてのみ消費される時代において、リュドミラの作品だけは不思議なほど注目され、惑星の影響力は至る所へ広がっていった。

彼女の作品の最大の特徴は無国籍性だ。モスクワで幼少期を、ロンドンで青少年期を送り、アカデミーを卒業してからは世界各国を渡り歩いていたその生き方が作品に反映されたのかもしれない。リュドミラの惑星は地球上のどの場所とも似ていなかった。世界から完全に切り離されたところに存在しているかのように。

それにもかかわらず、惑星の連作は人々にある種の郷愁を抱かせた。リュドミラの惑星を見るとき、人々は何か忘れてきたもの、遠い昔のかすかなもの、置き去りにしてきたものを思い浮かべた。自分が何を懐かしがっているのかもわからないまま涙を流した。評論家たちはリュドミラの作品について、どこにもない世界を描いているからこそ、逆説的に、あらゆる人々の心に存在する世界を刺激するのだと述べた。

一方でリュドミラには、あまり知られていないほかの作品もあった。リュドミラが生涯にわたって手掛けた、別の連作だ。一度も公に発表されたことのないその連作には、こんなタイトルが付いている。「わたしを置いて行かないで」。惑星の連作に比べ、それらの作品にあるのは強烈な感情のイメージのみで、別世界に対するリュドミラならではの細密で明確な描写が見られない。極度に抽象的で、寂しい空気に包まれた、何かを切実に訴えているかのような絵。

リュドミラはその連作に関するインタビューを拒んだ。彼女の死後、屋根裏部屋から同じタイトルの作品が数十点見つかっただけだ。いっとき、研究者たちはこの連作について、リュドミラが秘密の恋人への恋しさを表現したものだと解釈した。だが、リュドミラの私生活について残された記録はなく、やがて推測も解釈も忘れ去られてしまった。

この世を去るとき、彼女は自らの作品を、誰もが自由に使用できるようにした。リュドミラの惑星を基にしたシミュレーションゲームが続々と登場した。人々はシミュレーションのなかでリュドミラの世界を懐かしみ、その場所を自分たちの理想郷だと感じた。決して見つけることも、たどり着くこともできないが、想像するだけでもささやかな癒しとなる美しい世界。リュドミラはこの世を去ってしまったが、彼女が残した仮想の世界は人々の心のなかに永遠に宿るものと誰もが信じていた。

その世界が実際に発見されるまでは。

ある日、深宇宙を漂っていた宇宙望遠鏡が一つのデータを地球へ送ってきた。ある多重星系の、特殊な軌道を持つ小惑星に関するものだった。それは、惑星に生命体が存在する可能性を暗示していた。惑星のある場所はとても遠く、そこまで探査船を送る技術がないため、本当に生命体がいるのかを検証するには時間がかかりそうだった。だがその発見は、しばらく平穏だった天文台を大いに揺さぶった。

続く数日間、観測所のオペレーターたちは惑星について話し合った。受信に誤りがなければ、データは非常に興味深い内容を指し示していた。これまでの深宇宙探査は系外惑星に生命体が存在する可能性を漠然と示すばかりで、今回の惑星ほど明快なデータをもたらしたことはない。観測された惑星の大気成分にはアンモニアとメタンが絶妙な割合で混じっているのだが、恒星の紫外線によってたやすく分解されるそれらの成分が一部大気に混じっているということは、地表面に必ず炭素生命体が存在しているはずだという推測が支配的だった。望遠鏡が測定した電磁波のスペクトラムを可視光線に変換すると、奥深い青色が浮かび上がった。まるで宇宙のどこかにあるもう一つの地球、ひときわ幻想的な地球の存在を発見したかのようだった。

そのとき、静かに弁当を食べていた誰かがこう言った。

「ところでそのデータ、リュドミラの惑星みたいじゃない？」

「えー、まさか」

「ほら、いいか。リュドミラの惑星はシミュレーションとして残ってるだろ。リュドミラは惑星の測定値を具体的に残してるし、実際にそういった惑星が存在する可能性は科学者によって認められてる。そこで今回のデータの数値を見ると、びっくりするほどリュドミラの惑星と一致するんだ。偶然とは思えないほど……」

夕飯を食べていたオペレーターたちは、その言葉で一斉にフォークを置いた。

その日、天文台の職員たちは眠れなかった。さっぱり眠れなかった。観測されたあらゆるデータがその世界の実在を立証していた。惑星はリュドミラが描写した世界と一致していた。彼女が残した惑星シミュレーションは、観測データの惑星の体積、質量、公転周期と直径、平均温度に至るまで、その特性をそっくり予測していた。

あれはリュドミラの惑星なのか？

だとすれば、リュドミラは一体どうしてその存在を知っていたのか？

さらに奇妙な事実が次々に報告された。その惑星はずっと昔、母星の巨大フレア爆発によってすでに燃えており、宇宙望遠鏡が受信したデータは爆発に巻き込まれる直前の姿を捉えたものだというのだ。

惑星のデータを最初に確認したオペレーターがカメラの前に立っていた。記者たちの質問が降り注ぎ、フラッシュがやまなかった。オペレーターは言った。

「わたしたちは今はなき惑星を見ているのです。かつて実在したけれど、今は消えてしまったリュドミラの世界を」

だが、そんなことがありえるだろうか？

リュドミラには未来を、あるいは果てしなく遠い過去を見る超能力があったのだろうか？　しかし、そんな能力がこの世に存在しえるのか？　この一切合切は、単にとんでもない偶然の一致にすぎないのか？　ある芸術家があたかも実在するもののように鮮やかに描き上げた惑星のありとあらゆる特徴が、実際に宇宙のどこかに存在していた惑星とぴったり一致することなどありえるのか？

皆が答えを知りたくてたまらなかったが、ヒントを与えられる人はすでに世を去ったあとだった。

***

その奇妙な知らせが電波に乗って世界へ伝えられていたころ、ソウル市広津区のとある湖の近くに位置する「脳解析研究所」には煌々と明かりが点っていた。

時刻は深夜二時。だが職員たちは一人残らず大忙しで、一様にくたびれていた。締め切りを控えた研究所ならではの緊張感が廊下に漂っている。静寂を埋めるために点けっぱなしにされた休憩室のテレビでは、リュドミラの惑星に関するニュースが流れていた。だが、休憩室にいる人々の関心はそこにはない。

責任研究員のユン・スビンはため息を連発しながら、目の前の紙と一時間もにらめっこしていた。今にも目が飛び出してしまいそうなほどに。もうすぐ中間報告のミーティングがあるのに、マシンはでたらめな結果ばかり吐き出している。これではミーティングのあいだ中、関係者たちの厳しい視線にさらされるに違いない。一体全体、生後二ヵ月の赤ん坊が「生きることが孤独で恐ろしい。仲間たちに会いたい」と考えるなんてありえないではないか。

「ひと月前まではいい調子だったのに」

別のデータを見ていたハンナはすげなくこう返した。

「ひと月前まではネコだったじゃないですか。今は人間の赤ちゃんです」

「何が違うの？　お腹が空けば泣く、眠たければ泣く、怖いから泣く。一緒じゃないの」

その言葉に、ハンナはふっと笑って言った。

「そう言い切れますか。実はネコのほうが人間の赤ちゃんより哲学的かもしれませんよ」

本当にネコのほうが哲学的だとしても、それはともかく、今のスピンはただちに赤ん坊の泣き声を解析しなければならなかった。

ブレインマシン・インターフェース研究チームでは、「思考‐表現」転換技術を研究している。単分子追跡イメージング技術を用いて活性化したニューロンのパターンを読み解き、被験者が考えていることを言語表現に置き換えたり、反対に、言葉を逆追跡して被験者が何を考えていたのかを推測したりする技術だ。

脳を判読しようとする試みは、長い歴史を持つ。人々はいつの時代も、他人が何を考えているのか知りたがった。新しい脳研究法が登場するたび、誰もが読心術の発明を心待ちにした。おかげで二十一世紀初頭に脳解析研究所が設立されて以来、研究費が絶たれることはなかったが、ニューロン活性化のパターンを微細なレベルで分析できるイメージング技術が登場するまでの判読技術は、原始的とも言えるものだった。例えば、脳の磁気共鳴画像から、被験者が見たのが風景の写真か食べ物の写真かを当てるといった具合だ。

パラダイムの変化は二年前、新しい単分子追跡技術が登場したときに起こった。ニューロンレベルで脳の活動を分析できるようになったのだ。研究チームはこの新しい技術を活用して、脳が発する電気シグナルとそのパターンを分析した。まだ特定の言葉に置き換えられていない、思考言語と呼ばれる純粋な思考の形態だ。そして今、研究は反対に、思考言語を表現に結びつける作業に入った。今はまだ巨大なスキャナーが必要なうえ、たった数分間の思考や話し声を分析するのに数日を費やさねばならないが、この技術の発展に伴う無限の可能性のために、研究は大いに注目されていた。

初期の研究は、イヌやネコの表現に関する実験だった。転換は実にうまくいった。九十五パーセント以上の正確度で、被験動物の鳴き声からその欲求を分析することができた。鳴き声を分析し、犬ガムをやったり背中を撫でてやればイヌたちは満足した。哺乳類を対象とした技術は、すでに実用化が進められていた。死を前にしたペットと一度でいいから話してみたいというリッチなクライアントからの問い合わせが殺到した。もちろん、現段階では彼らが思うような「会話」にはほど遠いが、もしも研究が狙いどおりに進めば、文字どおり、種と種をつなぐマルチ通訳機への発展も期待できる。

研究チームはほどなく、分析の対象を人間に替えて新たなプロジェクトを開始した。このコンバーターが人間にも使えるなら、言語表現がままならない人はもとより、研究に行き詰まってしまった少数言語研究者にとっても大きな救いになるはずだ。たとえ表現は異なっていても、人間という共通点を持つ限り、脳の活動は似通っているものと仮定できるからだ。

大人を対象にデータを集めているうちは、見通しは明るかった。人間の言葉と思考は複雑なだけに、ペットよりずっと難易度が上がることぐらいは予想していた。また現時点のレベルは、会話を翻訳するというより、どんな心象を思い浮かべているのかを推測してシンプルな言葉に置き換えるぐらいのものだったが、その適合度はすでに八十パーセント以上となっていた。このコンバーターに複雑な言語駆使能力を備えさせることは今後の挑戦課題であるにしても、それが研究のネックにはならないはずだと誰もが信じていた。

集めたデータを基にパターンモデルを作り上げると、大人だけでなく新生児を対象とした研究もスタートした。赤ん坊のデータを分析する直前まで、研究チームは期待に胸を膨らませていた。もし新生児の泣き声にどんな意味があるのかを大まかにでも分析できたなら、親たちの育児サポートと保育ロボットの開発に画期的な発展をもたらすだろう。泣き声の根底にある欲求だけでも正確に分析できれば、このマシンは世界中の新生児を育てる親たちにとって、なくてはならないツールになるに違いない。

だが研究は、間もなく難題にぶつかった。

一次データの分析を任されたハンナがデータチップを手に研究室に入ってくると、皆は浮かれた顔でハンナを見つめた。だがハンナは深いため息をつきながらこう言った。

「すごくおかしな結果が出て……。赤ちゃんが考えることとは思えません」

分析したデータが画面に浮かぶと、研究員たちは言葉を失った。

マシンによると、赤ん坊の泣き声はそれぞれ次のような意味を持っていた。


「どうしたらもっと倫理性を持たせられるだろう？」

「そちらの皆さん、元気でいらっしゃいますか？」

「いや、われわれが生きるべき場所はここだ」


誰もが拍子抜けした顔で分析画面を見ていた。まったくでたらめな結果だったのだ。スビンが言った。

「データ汚染みたいね」

イメージングシステムの原理からすれば、まず汚染を疑うべきだった。通訳機能はまだ基礎レベルにあるため、ノイズに大きく影響される。いくら細かく制御しても外部の雑音が混じってしまい、分析時間のほとんどはこの雑音を取り除くことに費やされた。大人のデータを分析するうえでもそういった問題があるのだから、ましてまだ言語化に不慣れな思考を持つ赤ん坊のデータなら言うまでもない。

赤ん坊は生後十四ヵ月ごろから日常の言語を習得し始め、簡単な動作語に反応するようになる。赤ん坊が幼児になるまで、さらに幼児が青少年に育つまで、言語駆使能力は思考能力と共に発達していく。常識で言えば、赤ん坊の思考内容は赤ん坊の発達段階を超えることはない。思考は言語理解に絶対的な影響を受けるのだ。

「ノイズ以外に考えられないわ。だって、赤ちゃんの泣き声なんだから、せいぜい『おなかが空いた』『気持ち悪い』ぐらいのはずよ。それもちゃんとした言葉というより、ある種の感情や不快な感覚ぐらいにしかキャッチできないのが普通じゃないの」

スビンが言うと、ハンナはうなずいた。

「ですよね。でも、データ汚染と言い切るにはすっきりしない点があって……。ここを見ると、もう少し成長した言葉を話せる赤ちゃんたちも、話す内容と分析された思考パターンがまったく一致してないんです。例えばこの部分では、『ママ、あれ取って』と言ってる子が、実際には『世界とつながっていると感じたい』と考えていると。どういうことでしょう?」

「大人の脳と赤ちゃんの脳の活性パターンが極端に違っているから、こういう結果になったという可能性は？」

「ありえますね」

　ハンナの表情が沈んだ。

「だとしたら最初からやり直しですよね。すべての作業を」

　不吉な予感が会議室を埋めた。だが問題の原因が明らかなら、打つ手がまったくないわけではない。

　スピンとハンナはこれまでに集めた「思考‐表現」データをすべて年齢別に分けた。次に、そのなかから言語が未発達の赤ん坊のものだけを抜き出した。使えるデータがぐんと減ってしまい、協力機関にもっと録音資料を送ってくれるよう丸一日電話をかけて回った。そうまでしても、今の結果どおり、赤ん坊が奇妙なことを言っていると信じるよりはましな気がした。

　データを分けたことに一抹の期待をかけていたが、分析結果はやはり絶望的だった。赤ん坊の脳のパターンは、研究チームの当初の予測よりずっと複雑だった。むしろ大人のパターンを分析するほうが簡単だと言えそうだった。実際に、大人の脳のパターン分析に取り組んでいた別の研究チームでは、作業は順調に進んでいた。彼らは言語表現に問題のない大人の脳のパターンデータを大量に集めたのち、発声器官に問題があったり何かしらの理由で言語表現に困難を抱えていたりする被験者たちに適用し、思考から表現を読み取る実験に入っていた。一方、スビンの研究チームはいまだに、赤ん坊が哲学的な会話を交わしているという分析結果を抱えて苦しんでいた。いくらデータを集め分析し直しても、結果は同じだった。

「赤ちゃん……」

「複雑で、深くて、哲学的な赤ちゃん」

スビンとハンナは頭をかきむしりながらソファにへたりこんだ。簡単に考えすぎていたのだろうか。スビンは深い苦悩に陥った。イヌやネコに比べ、人間の脳はあまりに複雑で、あまりに多彩に変化するため、やすやすとはその秘密に迫らせてくれないのかもしれない。

二人はひとしきり、研究プロジェクトを中断すべきか、はたまたテーマを変えるか、アプローチの方法を変えてみるべきか話し合った。ほかの研究員たちも一緒になって、この哲学的な赤ん坊の泣き声について突破口を見出そうとしたものの、まるで埒が明かなかった。

ところが、中間ミーティングが終わり、プロジェクトを変更したほうがいいという合意に至って研究がうやむやに終わりかけたころ、事態は思わぬ展開を見せ始めた。

「スビン先輩、これを見てくれませんか」

　その日に限って、資料を差し出すハンナの表情はいつもと違っていた。ハンナは何かを決心したかのように、唇を薄く嚙んでいた。スビンはファイルを受け取って開いた。数ページめくったところで、スビンは表紙を閉じた。何かの見間違いではないか。自分の目を疑った。

　ありえない小説を読んでいるような気分だった。

「何これ？　どういうこと？」

「ご覧のとおりです。赤ちゃんのつぶやきを分析したデータ。あの日のこと、覚えてませんか？　リュドミラの惑星が見つかった日のこと。あのとき録音されたデータなんですが、どれもこんな具合なんです」

　覚えていた。あの日二人は、赤ん坊に関する実験を諦めるべきか否かを初めて話し合ったのだった。その日から、スビンがすでに分析済みのデータを抱えて苦しんでいる一方で、ハンナは未加工データの分析に取り掛かった。そうして得た信じられない結果がこのファイルだった。

「これは一体……」

　スビンはそこに並んだ文字を呆然と見つめた。

「わたしたちの始まりの場所」

「僕たちの惑星が見たい」

「リュドミラ」

「リュドミラ」

「リュドミラはあそこをそっくりに描いたのに」

「懐かしい」


開いた口がふさがらないままでいるスピンに、ハンナはすでに数十回も確認済みであることを念押しした。

「わたしもとうてい信じられませんでした。だからお見せするのがこんなに遅くなったんです。あの日赤ちゃんたちが、みんなこんなことを考えていたなんて」

ハンナは個人的にまとめた数万件のデータ処理の結果を見せた。研究チームが無意味なデータと判断してまともに分析しなかった会話だ。ハンナはこの分析結果がノイズでないという前提のもとに、そこから反復する意味を抽出した。数万件のデータを分析したグラフは、研究チームが失敗と見なして廃棄した赤ん坊の表現分析モデルをそのまま使用した。データは赤ん坊の脳内で何者かが互いに会話していることを示していた。その会話はあたかも、独立したいくつもの存在が一つの脳内に共存しながら意見を交わしているかのようだった。


「大丈夫？　さっき変な音がしたけど」

「この子がうまく動けなくてね。椅子を倒したんだ」

「さっきの映像に夢中だったのよ」

「早くも海に興味を持ってるの？」

「そのうち海に行けたらなあ」


「このデータは一人の赤ちゃんから、同じ時間帯に記されたデータです。ご覧のとおり」

　ハンナがファイルをめくった。

「赤ちゃんの脳内にはいくつもの人格が存在しているように見えます。先輩、何言ってんだって顔してないで、いいから読んでください。共通して出てくる意味を抽出してまとめたものです。信じてくれないんじゃないかと、後処理まで完璧に仕上げてきました。ほら、見てください」

彼らはあたかも、赤ん坊の養育者のようだった。彼らは道徳について話していた。そして人間の生について語っていた。彼らは赤ん坊を育て、見守る、観察者のような会話を交わしていた。

スピンは信じがたい気持ちでハンナの話を聞いていた。分析結果はとてもじゃないが受け入れられないほど、突拍子もない結論に向かってひた走っていた。

「何かが赤ちゃんの脳内にいます」

ハンナが言った。

「人間でない何かが。外部からのなんらかの要因がない限り、説明がつきません」

「ノイズよ」

「ノイズと仮定するにも無理があります。ノイズでどうやって一貫した会話が成立するんです？　ノイズが道徳や倫理、利他性について語り合いますか？　そのほうがおかしいじゃないですか」

「でも一体……このデータは数千人の赤ちゃんから集めたものでしょう。別々の赤ちゃんから。なのに、そのすべての脳に、この子たちの保護者面(づら)してる何かがいるってこと？」

「それ以外にありえますか？」

ハンナは時折、誰よりもラディカルで型破りな主張をくり広げて皆を呆れさせた。だが、今この瞬間ほどスビンを啞然とさせたことはなかった。

「つまり、こう言いたいの……？」

スビンはしばし、文字どおり言葉に詰まるという経験をしたのち、気を落ち着かせてこう訊いた。

「赤ちゃんたちの頭のなかに、わたしたちとは異なる知性的な存在がいると？」

「それですっかり説明がつくんです」

スビンはひとまず、ハンナの仮説をほかの研究陣には話さないことにした。赤ん坊の脳内に住み着くある存在？　あまりに荒唐無稽な仮説だ。

だが、一旦ハンナの話に真剣に向き合ってみると、以前は素通りしていた情報が目に留まり始めた。

新生児から言葉を学び始めたばかりの子どもたちまで、データは一貫した傾向を示していた。外部へ表現される泣き声やつぶやきと、脳の意味パターンが、まったくばらばらなのだ。子どもたちの脳の意味パターンは被験者の年齢にそぐわないハイレベルな思考の結果を生んでおり、ハンナが言ったとおり、まるで一人の頭のなかで何人もの人格が会話しているように見えた。

スビンとハンナはそれらの人格を「彼ら」と呼ぶことにした。

彼らは感情や心、愛、利他心について語り合う。赤ん坊に何かを教えようとしているかのように。

二人は新生児以外にも、言葉を学び始めた子どものデータを大量に集め、年齢別に子どもたちの話し声を整理した。外部に聞こえる「ママ」「パパ」「あれ取って」といった言葉の裏にも、もしや彼らの会話が依然隠れているのではなかろうか。結果は予想どおりだった。子どもたちの表面的な意思表現と彼らの会話が入り混じって現れた。しかしそれは、七歳までに限られていた。三歳以降、彼らの会話と思われるパターンは急激に減り始め、子どもごとに差はあるものの、おおむね七歳を前後して消えてしまう。その奇妙な会話は、子どもたちの自己表現が完璧になるまでのあいだだけ存在した。ある瞬間から「彼ら」は完全に姿を消すようだった。

スビンは頭がいっぱいで眠れなかった。今のところ、「彼ら」についての仮説を知っているのはスビンとハンナだけ。二人は未分析のデータをひっくり返して、彼らに関する新たなヒントを探した。別のチームの研究員たちは、日増しにやつれていく二人を心配した。失敗しても仕方ない、科学の研究とはもともと試行錯誤を通じてより良い方向へ進むのだからあまり落ち込むことはない、と慰めの言葉さえ言って寄こした。

　スピンは最後まで、解析ミスの可能性を念頭に置いていた。だが、さらなるデータを分析すればするほど、たった一つの結論にたどり着くのだった。分析は正しく、赤ん坊たちの頭のなかには「彼ら」がいる。

　だが、彼らは一体どこからやって来るのか？　どうやってすべての赤ん坊の脳内に入り込み、時が来れば去るのか？　彼らの存在を立証する決定的な証拠とは何か？

「箱のなかの子どもたち」

　数日後、ソファにのびていたスピンが言った。

「はい？」

　ハンナがねぼけまなこで顔を上げた。

「何年か前にあったじゃない。保育者とのふれあいが赤ちゃんにとって必須なのかを確かめる実験よ。覚えてる？」

　ハンナもやっとぴんと来たのか、目を見開いた。

「ありました。あの、子守りロボットを利用した育児実験……」

「そのデータを使えるかもしれない」

「どういうことですか？」

「箱のなかの子どもたち実験」は、ロボットだけで子どもを育てても支障がないことを証明しようとして設計された。新生児を生まれたときから外界と完全隔離し、子守りロボットだけを利用して育てる実験だ。それ以外のあらゆる養育環境は適切に管理された。言うなれば、巨大な保育器（インキュベーター）でもう少し長いあいだ子どもを育てるようなものだ。研究陣によれば、実験は子どもたちに決して害が及ばないよう厳しく管理することを前提に許可されたというが、倫理面であらゆる論争がくり広げられた。実験結果が明かされると、研究は国際的な問題となり、大きな非難を浴びた。

「結果は悲惨なものだった」

ハンナがうなずいた。

「覚えてます。赤ちゃんは子守りロボットに育てられているあいだ、もっぱら欲求のためだけに行動し、人間性や善良な面は一切発達しなかったと。幸い、箱を出てから改善したようですが」

「そう。あんな実験をしてはいけなかった。でも、あの実験の話を聞くたびに、わたしは何かがおかしいと感じてたの」

スビンは視線を宙に移した。

「子守りロボットは人間の保育者を完璧に再現する。なのにその保育者が人かそうでないかだけで、子どもたちの育ち方がそこまで変わるものなのか。わたしはいつも、あの実験結果に疑問を抱いていた。人間こそ、感情や状況に影響を受けやすい、不完全な保育者だというのに。でも、もしもあの結果に別の理由があったとしたら……」

もしも脳内の「彼ら」が人間のなかに生まれつき存在するのではなく、外部から流れ込んでくるものだったら？　あたかも寄生虫や微生物が人から人へうつるように。彼らは空気中に散らばっていたり、ウイルスのように周囲の環境に広く存在しているのかもしれない。だがどちらにせよ、感染のためには最初の接触が必要なはずだ。

つまり、箱のなかの子どもたちは外へ出てくるまで「彼ら」を受け入れるチャンスがなかったのだとしたら？

ハンナはがばっと立ち上がった。

「映像が残ってるはずです。あの子たちの泣き声を分析してみましょう」

映像はオンラインで難なく見つかった。コメント欄には、赤ん坊になんて残忍な実験をするのかという非難がびっしり並んでいた。「赤ちゃんをロボットに任せるなんてひどい！」「赤ちゃんには人の温もりが必要なんです。このかわいそうな子たちが血も涙もない存在に育ったのは当然のことです！」

だがポイントは、人間の子守りの有無ではない可能性がある。人間ではなく「彼ら」が、赤ん坊を心の通った存在に育てるのかもしれないのだ。ひょっとすると、そのかけがえのない特性は人間の外からもたらされるのかもしれない。スピンはその証拠をつかもうとしていた。

スピンは映像から音声データを抽出してコンバーターにかけた。普通に聞いていれば、一般の赤ん坊の泣き声とさして変わるところはない。だが、もしも「彼ら」の有無が赤ん坊に影響を及ぼすのなら、ここでは違った結果が示されるはずだ。彼らの会話ではなく、赤ん坊の欲求が。二人は緊張の面持ちで結果を待った。

ほどなく分析プログラムが動き始めた。一次結果は抽象的な意味単位に近く、まだ解析できるレベルではない。

ハンナは震える手でマシンに手を置いた。ボタンを押すと、意味単位が文章に変換されていく。結果が画面に映し出された。

映像のなかの赤ん坊の泣き声が意味するもの。

「お腹減った」

「眠い」

「怖い」

スビンとハンナは興奮のうちに顔を見合わせた。喜ぶべきだろうか？　それとも、この奇怪な結果に驚くべきだろうか？

箱のなかの赤ん坊たちが思い浮かべたのは思考ではなかった。純粋な欲求だった。人々が生まれたばかりの赤ん坊に期待するとおりの。生まれて一度も外の世界と接触したことのない赤ん坊、おそらくは「彼ら」を脳内に受け入れていない赤ん坊は、スビンたちが当初赤ん坊に期待していた脳のパターンを示していた。まだ言葉を習得する前、世界と人生について考え始める前、生存のための欲求だけが存在する思考パターンを。

だがスビンには、その後のこともわかっていた。この赤ん坊たちは人々の期待どおりには成長しなかった。

箱のなかの子どもたちは、利他性を備えることができなかったのだ。

＊＊＊

風変わりな仮説を一つ挙げてみたい。

数万年前から人類と共生してきた、ある異質の存在がいたとする。

ミトコンドリアが細胞内に入り、核とは別途のＤＮＡを持ったまま数十億年の共生を始めたように、元は別々の種が互いのメリットのために共生することは間々ある。人間は数多くの体内微生物とも共生している。人はそれらを、外部から入ってきた異質の他者とは考えない。それらはすでに人間の一部なのだ。

だがもし、共生の対象が地球上の生物ではなかったら？　地球由来のものでもなく、数万年前、ともするとそれより昔に地球外のある惑星から来たものだとしたら。それがわたしたちの脳に入り込み、わたしたちの幼年期を支配し、わたしたちを倫理的な主体に育ててきたのだとしたら。人間を人間以外の動物と区別する明らかな特質が、実は人間の外からもたらされたものだとしたら。

「われわれが人間性と信じてきたものは、実は外界からのものだったと」

スビンの仮説を聞いた研究チーム長が言った。

研究員の反応はまちまちだった。赤ん坊の会話の分析内容に愕然とする者もいれば、面白い仮説だがあまりに非現実的だとはねつける者もいた。

「あまりにラディカルで、すんなりとは受け入れがたいと思いますが」

「信じられないのはわたしも同じです」

ハンナが言った。

「でも、データを否定することはできないじゃありませんか？」

スビンは今すぐ赤ん坊の脳内を調べたいという欲求に駆られた。彼らが本当に存在するなら、彼らを観察することだってできてしかるべきではないか？　わたしたちの目で捉えられる物理的実態としての彼らは存在するのだろうか？　彼らはどんな粒子でできているのだろうか？　ただちに検証するのは難しいだろう。今調査しているのは生きた人間の脳であるうえ、対象の物質的特性について無知の状態で脳を調べたところで、ただちに何かを発見できるわけがない。もしそんなことができていたら、この研究室で彼らの存在に気づくより先に、医学界ですべての乳児の脳に寄生する生物がとっくに報告されていたはずだ。

「物理的に観察されないのは、考えてみれば当然のことかもしれません。彼らが観察可能な形態の外見を備えていたなら、これまでの解剖史のなかですでに発見されていたでしょうから」

チーム長の言うとおりだとスビンは思った。それでもなお、調べられる脳のサンプルがあるなら寝る間も惜しんで見ていたい気持ちだったが、無理だとわかっていたからおとなしくうなずいた。

ほかにも考えるべきことは山積みだった。共生関係にある生物たちは互いに利益となることもあるが、一方だけが有益だったり、片方に害を与えることもある。人間と彼らの関係はどちらだろう？　人間でない何かが幼年期の人間の脳に寄生するとしたら、彼らにどんな利益があるのか？　彼らは人間のような炭素生命体だろうか？　その会話から推測されるように、本当に彼らが赤ん坊に倫理や利他性を教えているのなら、彼らはその対価として何をもらうのだろう？　ほかの生物ではなく人間の脳に入り込む理由はなんだろう？

「その点については、リュドミラの惑星と関係しているのではと見ています」

ハンナが言った。

「彼らはリュドミラの惑星を故郷と呼んでいます。ところがその惑星は、とっくの昔に燃え尽きてしまった。彼らは故郷を離れて住み着く場所を探し回るうちに、地球へやって来たのではないでしょうか？」

リュドミラの惑星は、彼らの存在を知らしめた決定的な手掛かりだった。正しくは、リュドミラが鮮やかに描き出した、かつて実際に宇宙のどこかにあったが今はなき、彼らの惑星のことだ。

彼らが人間を教え導くほど発達した知的生命体なら、ともすれば自分たちの惑星の終末を予測していた可能性もある。母なる星を離れた彼らが宇宙を漂い、偶然地球にたどり着いた。そして人類との共生が始まったのだ。

スビンが言った。

「会話の内容からすれば、彼らは高度な知的生命体です。彼らの言語をわたしたち人間の言語に置き換える過程で、その内容が元のものより単純になってしまっていないかと疑われるほどに。彼らは人間を圧倒的に超越した存在かもしれないということです。しかし同時に、彼らは人間の脳の活性パターンをそのまま利用しています。知的活動のために宿主が必要なタイプの生命体なのかもしれません。ほかでもなく人間の脳が必要だったわけです。もしも彼らが数万年前に地球にやって来たというのが事実だとしたら……。人間の知性の進化と文明の誕生は、彼らとの共生によって触発されたものである可能性もあります。当初は人間を教え導くつもりはなかったとしても、共生するうちに彼らの知性が人間に転移したのでしょう」

短い沈黙が座を包んだ。彼らとの共生がそれほど長いものだとしたら、この研究室の外でも証拠を発見できるのではないか。ひょっとすると共生仮説の証拠は、人類社会全体に遍在しているかもしれない。スビンはそう思った。

「彼らに直接話しかけてみてはどうだろう？」

誰かが提案した。スビンもまた同じ意見を出そうとしていたし、それ以外の研究員たちも似たような思いだったろう。だが、下手に実行することはできない。今の研究チームは子どもたちを対象とした研究をしている。日常のなかで子どもたちからおのずと得られるデータを分析するのと、直接彼らとの会話を試みるのとはわけが違う。特に、その会話がどんな結果を呼び起こすか予想できないうちは。話しかける行為が彼らを刺激することになったら？　自分たちの存在を人類にひた隠しにして生きてきた彼らが、話しかけられて喜ぶだろうか？　うかつに話しかけて被験者に危害を加えることにでもなったら？

「ところで、今わたしたちの脳内にいないことは確かなんですよね？」

似たような心配をしていたのか、誰かがそう言った。

スビンは彼らに直接話しかける危険を冒す代わりに、別の手を思いついた。彼らの故郷が本当にリュドミラの惑星なら、赤ん坊にリュドミラの絵画作品やシミュレーションを見せることで特定の反応を引き出せるはずだ。そもそも、赤ん坊が惑星を見ていたときの思考パターンが最初の手掛かりだったのだから、危険性はない。そのデータを大量に集めることで、彼らについてさらなる情報を得られるはずだ。

「予想どおりです。ものすごい……本当にものすごいレベルで脳が活性化しているのがわかります。それも、普段より活発に働きすぎてまともに分析できるか不安になるくらい」

ハンナの言うとおりだった。リュドミラの惑星を見た赤ん坊たちは、赤ん坊らしからぬ落ち着きをもって、動く風景に見入っていた。パターンからして、実際に熱狂しているのは赤ん坊の脳内の「彼ら」のようだ。彼らは脳内で爆発的な会話を交わしていた。普段の会話よりずっと速く、複雑で、さまざまな意味が混在していた。情報が多すぎて、分析は容易ではなかった。だが、彼らがリュドミラの惑星と密接に関わっていることだけは疑いの余地がなさそうだった。

研究チームはこの研究結果を公表すべきかどうかについて話し合った。

「わたしたちが隠しても、いつかは彼らの存在に気づくはずです。マルチ通訳機は誰もが欲しがる技術だし、それを赤ちゃんに使おうとする研究チームはうちだけじゃないでしょうから」

ハンナが言った。

「仮に人々が地球外生命体の存在に抵抗を感じたとしても、何も変わらないかもしれません。赤ちゃんの脳から彼らを追い払うことは可能なんでしょうか？」

「この分析結果からすると、わたしたちのほうが彼らに共生を頼む立場じゃないのかな。彼らが去ってしまえば、わたしたちは人間性だと信じてきた特性を失ってしまうのだから」

「人類のプライドはどれほどのものか、気になるところですね」

「それにしても、いまだこの結果を信じがたいのは、今のわたしたちが彼らと完全に分離した存在に感じられるからです。もしもそんな知的生命体が本当にわれわれの脳内にいたなら、大人になった今のわたしたちにも何かしらの痕跡があるべきじゃありませんか？」

誰かが重要な疑問を投げかけた。彼らが人間の脳内に棲息しながら影響を及ぼすのなら、大人になってからの脳にも彼らがいた痕跡があるはずだ。だが大人の脳からは、彼らの会話と類似したパターンがまったく検出されない。押し黙って聞いていたチーム長が、おそるおそるこんな仮説を持ち出した。

「これは推測にすぎませんが、幼年期より成長した人間の脳にとどまることは彼らにとって負担になるのではないでしょうか。『離れたくないけどもう行かなきゃならない』という意味の会話が何ヵ所か見受けられます」

ちょうどデータを見ていたスビンは、チャートのあるポイントを指して言った。

「この辺りのタイミングがどうも引っかかります。もし彼らが完全に去ってしまうというのが本当なら、七歳のときに何か特別なことが起こっている。データは一貫しています。七歳以下の子どもにだけ、わずかにでも彼らのパターンが現れるんです。そしてその後はまったく」

七歳を前後して、表現分析結果から彼らの会話は完全に途絶える。成長した子どもは大人同様、「思考 - 表現」がぴったり一致する。「彼ら」は人間の幼年期にのみ脳内にいて、子どもが七歳になると別れを告げるようだ。

「ひょっとして、幼年期の記憶喪失と関係しているんじゃないでしょうか？　七歳以降、子どもたちは幼いころの記憶をほとんど失ってしまいますよね？」

　ハンナが言った。

「これまでの定説は、海馬が長期記憶に関与していて、幼いころの記憶がなくなるのは海馬の発達と関係しているというものでした。新しい神経組織が急速に成長しながら、幼いころの記憶が消えてしまうのだと」

　ごくごく幼いころの記憶、なかでも自伝的出来事に関する記憶は七歳を境に消える。新生児のころや三歳ごろの出来事を覚えている大人はいない。仮にいたとしても、過去の写真を見たり人から回想を聞いたりして、あたかも当時を記憶しているように感じているにすぎない。

「ところが先日、とても興味深い論文を読みました。神経科学系ジャーナルに掲載されていた短いレポートなんですが、先の神経発達仮説をくつがえす研究結果が出たというものでした。幼年期の記憶喪失過程にある年代の子どもたちを新しいイメージング技術で分析すると、神経の発達段階と記憶の喪失レベルがまったく重ならなかったんです。統計的にも完全に無関係でした」

　ハンナが説明するあいだ、研究員たちは論文を探して画面に表示した。

「著者らは幼年期の記憶喪失に外部からの別の要因があるはずだとざっくりとした意見を述べていますが、明らかに混乱しているようでした。非常に大きな論争を呼んで、反駁する論文があとに続きました。しかしもしも本当に、神経発達のせいでなかったら、幼年期の記憶が外部からの要因によって喪失するのだとしたら、その正体は何か。何が子どもたちの記憶を奪うのか。ずっと考えていたんですが、ひょっとするとその正体は……」

「彼ら」

スピンが言った。ハンナがうなずいた。

「彼らが記憶と共にわたしたちのもとを去るから」

＊＊＊

リュドミラの存在は、この仮説において最も驚くべき部分だった。

リュドミラは大人になってからも唯一彼らの存在を自覚していた人間だ。リュドミラが本格的に惑星の連作に取り組み始めたのは幼年期以降。彼らはリュドミラが成長してからも彼女のもとを去らず、影響を与え続けたのかもしれない。リュドミラが死ぬまで惑星の風景を描き、具体的な数値まで示したという事実は、彼女が脳内の彼らをはっきり認識していたか、あるいは彼らの記憶がリュドミラにそっくり転移していたことを意味する。

「彼らはすべての地球人のもとにとどまっていたはずだけれど、そのうちリュドミラだけがあの惑星の存在を知っていたのだから」

研究チームはリュドミラ・マルコフの生涯を調べた。その名声に比べ、伝えられている話は多くなかった。だが確かなのは、リュドミラの人生がとても孤独だったということだ。

「リュドミラは幼くして創作で頭角を現しました。繊細で感じやすい子だったでしょうね。内面の声にも耳を傾けただろうし。リュドミラは彼らの存在に極めて早くから気づいていたのかもしれません。そもそも、子どものころは誰にも世話をしてもらえない環境だったのですから……彼らのほうがリュドミラに特別目をかけていたのかも」

絵を描き始めたとき、リュドミラは脳内に入り込んでいた彼らが見せる風景をそのまま写し描いたのだろう。風景だけでなく、彼らが記憶する惑星自体がリュドミラの頭のなかにあったはずだ。リュドミラは一度も嘘などついていない。彼女は本当に、惑星に行ったことがあったわけだ。彼女の頭のなかに住む彼らを通して。

スビンが言った。

「リュドミラは惑星の絵を描き残すことで、彼らとその惑星をいっそうはっきりと記憶するようになったんじゃないかしら。彼らの記憶を再現する運動的な記憶が、惑星についての挿画的な記憶にも影響を与えたのだと思います。二種類の記憶は基本的には別々のものだけど、一方の記憶がもう一方の記憶とつながることもありますから」

「彼らは記憶と共に幼年期の人間から去る。ということは、人類に自分たちの存在を知られたくないとも取れます。それでもリュドミラが、惑星を絵で再現することをやめなかったのはどうしてでしょうか？」

「わたしたちが調べた会話によると、彼らはリュドミラが描く惑星をとても特別に感じていました。彼らもまた、自分たちの故郷を懐かしみ、愛していたでしょうから」

スピンが言った。束の間、研究室がしんとなった。

もしも数万年前に消えた惑星からここ地球にやって来た存在が、今も故郷の惑星の姿を記憶し、恋しがっていたとしたら。すべての地球人がいつかは彼らの惑星を忘れることになろうとも、リュドミラにだけはその惑星を覚えていてほしかったのだろう。その惑星を鮮明に、美しく再現することに成功した唯一の人間として。

数万年前に存在したある惑星……。

ここに来て研究チームは最後の疑問にたどり着いた。人々はなぜこれほどまでにリュドミラの世界を称え、夢中になったのか。なぜリュドミラの世界を前に涙を流したのか。なぜ彼女の絵から、一度も行ったことのない世界への郷愁を、久しい懐かしさを覚えたのか。

人類史上数々の仮想世界がつくられたが、なぜもっぱらリュドミラの惑星だけが類いまれなる強烈な痕跡を世界中に残したのか。

「わたしたちのなかにも彼らがいたからでしょうね」

ハンナが言った。

スピンはそれが、彼らの存在についての決定的証拠かもしれないと思った。脳にとどまっていた彼らの痕跡。漠然としていて抽象的だが、消し去ることのできない記憶。わたしたちを教え導き、見守ってくれた存在へのかすかな恋しさ。

リュドミラの惑星を前に人々が感じた懐かしさは、惑星そのものではなく、幼年期にわたしたちのもとを去った彼らに対するものなのかもしれない。

スピンが言った。

「あの連作ですが、皆さん覚えてらっしゃいますか？　リュドミラのもう一つの連作です」

「『わたしを置いて行かないで』。あれもとてもよかった。惑星の連作に比べてあまり知られていないけど」

チーム長が言った。

「はい。そういうタイトルでした」

いまだに解釈されないまま残っているその連作は、リュドミラの人生に関する最も重要な手掛かりなのでは、という思いがスビンの頭に浮かんだ。

「あれはリュドミラのお願いだったのかもしれません」

「お願い？」

「彼らの存在に唯一気づいたリュドミラの……」

スビンは胸が熱くなるような気がした。

「彼らへの語りかけ。連作のタイトルを考えてみてください。そして、あの連作で一貫して表現されているやるせなさや悲しみ、寂しさについても。ひとりぼっちで寂しかったリュドミラにとって、彼らの存在はとても大きかったでしょう。彼らはリュドミラの唯一の友だちであり、両親であり、仲間だったはずです」

リュドミラは彼らに語りかけたのだ。行かないでくれと。この美しい世界を奪わないでくれと。大きくなってからもずっとそばにいてくれと。

研究室は短い静寂に包まれた。

ハンナがつぶやいた。

「彼らは最後までリュドミラのもとを去らなかったんだわ」

そのとき、その場にいた全員は同じ風景を思い浮かべていたはずだ。リュドミラが描いた惑星。青く不思議な色合いの世界。数万年にわたって人間と共生してきたある存在が暮らした、かつての故郷を。

スピンはふと、奇妙な感情に襲われた。これまで一度も見たことも感じたこともない何かが、懐かしくてたまらない気がした。

わたしたちが光の速さで進めないなら

우리가 빛의 속도로 갈 수 없다면

ユン・ジヨン 訳、カン・バンファ 監修

老人はすでにそこに腰かけていた。入り口に背を向けたまま宇宙ステーションの外を見つめる後ろ姿が目に入った。男は少しのあいだ葛藤した。老人をびっくりさせないように物音を立てるべきだろうか？　そう思ったときだった。老人がくるりと振り向いてこちらを一瞥した。男は咄嗟に黙礼をした。彼女はにこりと笑うと、ガラス窓のほうへ視線を戻した。こちらのことなど気にしないというのだろうか。戸惑いが押し寄せた瞬間、彼女が話しかけてきた。

「悪いけど、オレンジジュースしかないよ。健康診断装置のアドバイスによると、カフェインの摂取はもう禁止らしいんでね」

男が目をしばたたいていると、彼女は手にしていた小さなパック入りオレンジジュースを持ち上げてみせた。

「お前さんも一杯飲むかい」

「すみませんが、僕も低糖質ダイエットを勧められてまして」

男が愛想よく笑って答えると、老人は肩をすくめた。

「欲しけりゃ無糖ジュースもわたしの個人宇宙船のなかにあるよ。味はひどいもんだがね」

平静を装って返事をしたものの、老人の第一印象にはどこか人を困惑させるものがあった。それに、個人宇宙船だなんて。男は顔をしかめて彼女が指さした通路のほうへ視線をやった。外部からこの待合室に入るには、その通路を通らねばならない。通路の先には、宇宙船がドッキング状態にあることを示すグリーンライトが点っていた。ここに来るときに目にしたあのみすぼらしい宇宙船は、どうやら彼女のものらしい。もちろんそれは宇宙船と呼ぶにはあまりに小さかった。せいぜい地球の地上面とこの衛星の軌道を往復できるくらいの、宇宙船というよりはシャトルと呼んだほうがふさわしいような代物。

男がしばし考え込んでいるあいだに、老人はガラス窓のほうへ向き直った。チュルルっと残ったジュースを吸い込む音が静寂のなかに響き渡る。老人は飲み終えたパックを手で振ってみてから、隣の椅子の上に置いた。

老人はガラス窓のすぐ横の席に腰かけていた。その後ろには、四人掛けの長椅子が一列に並んでいる。ふかふかした革のシートは、金属製のひじ掛けでスペースが区切られていた。ようやく待合室が男の視界に入ってきた。この場所はかつて存在した、さまざまな交通手段の駅のロビーをそっくり再現しているようだった。男は、はるか昔に使われていたという小さな鉄道駅の写真を見たことがあった。おそらくそこに行ったことのある人なら、このステーションから何かしらの情緒を感じることができるだろう。

周囲を見回すと、ほかのものも目に入った。壁には共用語で「スペース・トラベラーのための運行時刻表」と書かれており、その下には色褪せてはっきり読み取れない数字がびっしり並んでいる。三、四種類以上のロゴがあることからして、複数の会社が共同で使っていたステーションなのだろう。ロビーの片隅にはインフォメーション窓口があり、透明ガラスの向こうには案内ロボットが佇んでいる。驚くべきことにロボットは今でも作動していて、額にライトを点滅させながらアナウンスをくり返していた。

待合室の片側の壁は、床から天井までが一面透明なガラスでできている。軌道を回る人工衛星がそれぞれの速度で通過していった。その向こうには、丸くて青い地球が背景のように広がる。男は無言で地球を見ている老人に近寄り、すぐそばに腰かけた。老人がこちらを気にする様子はない。男もすぐには口を開かなかった。いきなり本論から入ると失敗する恐れがあるので、まずは老人の話を聞いてみるようにというアドバイスを思い出したのだ。男は尋ねた。

「あの、失礼ですが、あなたは……」

「アンナと呼んでおくれ」

「あ、はい、アンナさんはどちらへ行かれるのですか？」

彼女は窓の外を見つめたまま答えた。

「スレンフォニア惑星系さ」

「そこはとても遠い所のはずですが」

「そのとおり、だからここに来ているんだよ」

老人は懐から何かを取り出した。古い切符が一枚。角が擦れてはいるが、大事に保管されていたのか、しわ一つない。老人が切符を男に差し出した。そこには、いつでも好きなときに出発できるという文言と共に目的地が書かれていた。スレンフォニア惑星系、第三惑星。

「遠い宇宙へ旅立つ宇宙船がここから出航すると聞いたんだよ。もちろん、近い宇宙へ行く宇宙船のほうが多いようだけどね。それでもわたしのような人たちにとっては、ここが唯一の希望さ」

「ここにはスレンフォニア惑星行きの宇宙船もあるんですね」

男が朗らかな口調で言った。アンナは一瞬眉をひそめ、鼻にしわを寄せて男に訊き返した。

「お前さんはここにどんな用で来たんだね？　乗客には見えないけれど、ここの社員さんかい？」

社員かと問われて男はギクリとした。

「まあ、そんなところですね。だけどこのステーションに来たのは初めてです」

「社員でもそんなことがあるのかい」

「ただの派遣社員ですからね。地球の軌道だけでも膨大な数の人工衛星がありますから、会社のほうでも管理が面倒だというので、衛星管理業者に押しつけてるんですよ。あまりにあちこちの軌道に出て行くものですから、いちいち把握しきれないくらいです。今日はこのステーションに来ていますが、一週間後にはもう別の所にいるかもしれない。あ、そのころにはアンナさんだってもうここにはいらっしゃらないでしょうね」

そんな言葉を交わしているあいだにも、二つの大型人工衛星が二人の目の前を通過していった。

「宇宙ステーションがどんどん増えていくね」

「そうですね。宇宙開拓時代に入ってもう久しいのに、まだ地球は手狭なようです」

男は老人の顔色をうかがった。老人は口をつぐんだままだった。

老人の話を聞くつもりが、なんだか自分の話ばかりしているような気がする。無言で窓に見入っている老人を横目で見ながら、何の気なしにカバンのなかに手を入れた男は、ハッとして手を引き抜いた。ここで不用意に端末を取り出しては、老人の目についてしまう恐れがある。男は老人が自分の振る舞いに無関心であってほしいと祈った。

「スレンフォニア惑星行きの宇宙船はいつ出るんですか?」

「それはわたしよりお前さんのほうがよく知っているはずだろう?」

「さあ、僕が任されたのは簡単な備品点検だけですから」

そう言って男は窓口のロボットを指さした。ロビーはきれいに管理されていた。まだ自動清掃装置が作動しているということか。

「そうかね。わたしはお前さんがアレを直しに来たと思っていたんだが」

老人が何かを指さした。男はまたもや飛び上がりそうになった。さっきは気が付かなかったが、地球が見えるガラス窓の手前に案内ロボットがもう一体あったのだ。インフォメーション窓口にあるものと似ている。しかし額のライトは時々点滅し、口はゆっくりとなりともパクパクさせてはいるが、音声は出ていなかった。故障というよりは、まるで死にかけているように見えた。

「あ、はい、あんなヤツがいたんですね。もちろん直さないと……」

男は立ち上がり、持ってきたカバンを少し離れた椅子の上に置いた。そしてガラス窓に寄りかかるようにして立っている案内ロボットに近づいた。実際のところ、ロボットの修理については何一つ知らなかった。せいぜい家庭用ロボットのバッテリーを交換したことがある程度である。それでもとにかくやってみるしかない。ロボットの背中から充電用のケーブルが床に長く垂れ下がっていた。ケーブルは円形のロビーを一周して、ガラス窓の脇にある配線施設へと繋がっている。

「これはなかなか厄介ですね」

男はなんとかして一瞬だけでもロボットを復活させたいと思ったが、家庭用ロボットとはまるで勝手の違う配線に冷や汗をかくばかりだった。アンナが見ているかどうかはわからない。でも視線が気になった。男は部品を一つ外しながら、質問を投げた。

「スレンフォニアにはどんなご用で」

「第三惑星に夫と息子がいるんでね」

「またずいぶんと遠くにいらっしゃるんですね」

スレンフォニア惑星系ってどんな所だっけ。以前、主な惑星系と惑星の特性を丸暗記したはずなのに、いざとなるとよく思い出せない。アンナが先に口を開いた。

「第三惑星は資源が豊かだし住みやすいからね。初めは希少資源を採るために開拓されたけど、人間が暮らすにも環境が適していたから多くの人が開拓移住したんだよ。夫と息子も、地球とは違う所に住んでみたいからとその列に加わったのさ」

「あ、そうか……確かリカーダットの産地でしたね」

希少資源と聞いてようやく思い出した。リカーダットは今ではあまり使われなくなった鉱物だった。

「知ってるのかい。いっときは、それを利用すれば軌道エレベーターも作れるってたいそう騒がれたもんさ。スレンフォニアへの有人宇宙船が初めて出航したときなんか、連日そのニュースで持ち切りだった。それなのに、わたしたちはいまだに旧式のシャトルに乗っているんだからね。毎度肺が押しつぶされるような感覚を味わうのも、もううんざりだよ」

アンナは窓の外のシャトルをちらっと見やった。軌道エレベーターとはまたいつの時代の話だろう。やはりよくわからない。わからない話が出たときは、話題を変えるに越したことはない。

「新技術ってのはいつもそんなところですね。しかし、どうしてそのとき旦那さんと一緒に発たれなかったのですか」

「お前さんは質問が多いね」

ほんの一瞬だが、その言葉に男はドライバーを回していた手を止めた。

「なに、うろたえることはないよ。好奇心が旺盛なのは若さのしるしだからね」

どうも男は相手の話を引き出すことが苦手なようだった。間違って老人に不快に思われたら困ったことになると心配になった。

けれど男のそんな心配をよそに、アンナのほうではさほど気に留めている様子もない。

その代わり、突拍子もない話題を持ち出してきた。

「ディープフリージング技術というのを知っているかい」

「はい、もちろんです」

男はすぐに応じた。

「コールドスリープ技術の一種ですよね」

ディープフリージングは人体のコールドスリープに革命をもたらした技術だった。しかし、今ではコールドスリープそのものがあまり使われなくなっている。まれに使われるのは医療分野ぐらいだった。

「そうだよ。もっと正確に言えば、コールドスリープのなかでもβ(ベータ)不凍液とナノボットを用いる方法を言うんだがね。わたしはディープフリージング技術の研究に携わっていた。その技術のコアな部分はわたしが開発したと言ってもいいくらいだね。もちろん、ご多分に漏れず、技術だけが残り、学者の名は忘れられたけれど。それでも、当時はかなり影響力のある研究者だった。それはわたしの人生の数少ない誇りでもある」

男はうなずいてアンナを見た。今の老人の姿は、かつて名を馳せた学者だったとは信じがたいほどみすぼらしかった。

「宇宙開拓時代が幕開けしたころの話だよ。ワープ航法が実用化されて、いくつもの惑星の開拓に成功し、連邦政府が宇宙にまで拡張された時代。誰もがほかの惑星での新たな人生を夢見ていた時代。わたしの夫と息子も例外じゃなかった」

ワープ航法が広く使われていた時期についてなら男も学んだことがある。人類が降り立ったのはせいぜい月や火星だけで、太陽系のほかには無人探査船しか飛ばせなかった時代が終わり、本当の意味での宇宙開拓が始まるきっかけとなったのが、ワープ航法の発明だった。

宇宙船は光の速度には追いつけなかったが、移動する宇宙船を取り巻く空間をねじ曲げるワープバブルをつくり出すことによって、光よりも速くほかの銀河にたどり着くことが可能となったのだった。地球から距離の近い恒星系のなかでも、資源が豊富だったり地球とよく似た環境だったりする惑星から開拓が始まった。

「ディープフリージングは、人類の宇宙開拓が次のステージに移るためには欠かせない技術だった。どんなに空間をねじ曲げて星間距離を縮めたところで、宇宙船が地球を出発してほかの恒星系に到達するまでには、やはり長い時間がかかったからね。近くの恒星系なら数光年で済むけれど、そんな所には人類にとって利用価値のある惑星があまりなかった。遠い所は数百光年から数万光年も離れていたから、ワープ航法を使っても何年もの時間がかかった。その時間をひたすら耐えることもできないわけじゃないけど、窓の外の景色といえば殺風景な黒い宇宙だけだからね。それに、ろくな娯楽もない宇宙船のなかで正気を保っていられる人なんてどれほどいるだろう？　起きている人間は食事もすれば排泄もするから、宇宙船に積み込むべき物資も多かった。そこでとびきり進歩した人体凍結の睡眠技術が求められたんだよ。眠ったままで宇宙のあちらこちらへ大勢の人を送り込むことができるようにね」

「では、そのなかでもどんな研究をされたのですか？　ひと口にコールドスリープといっても、いろいろな技術がありますよね……」

男は知らず知らずのうちにアンナの話に引き込まれていることに気が付いた。アンナは笑って言った。

「お前さんも少しは聞いたことがあるようだね。コールドスリープは三段階からなる。マイナス百九十六度で人体を急速に冷凍して、同じ温度で数年間安定した凍結状態を保ち、人体が損傷を受けないように解凍しなきゃならないんだ。当時、コールドスリープは不完全でリスクの高い技術だと考えられていた。三つのプロセスのいずれにおいても、人体が回復不能なダメージを受ける可能性があったんだよ。なかでも体液を何で代替できるかという問題は最も悩ましい部分だった。コールドスリープの過程で発生する人体の損傷は、たいていは体液の特性と関係していたからね。人体の大部分を構成する水は、凍るときに膨張して細胞と組織にダメージを与え、溶ける過程でまた体積が変化していろんな組織を破壊してしまう。この問題を解決する必要があった」

男はうなずいた。

「わたしは『アンチ・フリーザー』と呼ばれる有機物質の混合液を研究していた。血液と体液に代わる不凍液の一種だよ。人体に無害で、なおかつ凍結と解凍に適していなければならなかった。それから、ナノボットと人工酵素の活性化に適した配合にも気を配る必要があった。つまり、解凍の過程で細胞の損傷を防ぐために注入するもののことだよ。考えるべきことが山ほどあった。とにかく、低温状態を保ったり体液をほかの液体化合物で代替したりする技術は比較的早く開発されたけど、人体に無害な不凍液の開発だけはコールドスリープ技術の最後の難問として残されていた。それまで使われていた不凍液は細胞へのダメージを完全に防ぐことはできなかったし、そのせいで当時のコールドスリープは一生に二度までと制限されていたからね」

「そうなんですね。それで結局、開発には成功されたのですか？」

「どうなったと思うかい？」

問い返されて、男はロボットを直していた工具を置いてしばらく目をしばたたかせた。

アンナがにんまり笑った。

「まあ、聞いてごらん。とにかくわたしはそのアンチ・フリーザーを開発するために地球に残ったんだよ。学者としての好奇心もあったけど、そのときは……何か、人類の未来に貢献するのだと、そんなふうに思っていたような気がするよ。ディープフリージングは宇宙開拓の次のステージのためにも必要だったけれど、医療分野でも需要があった。当時は新しい治療法がどんどん出てきていたからね。どんな致命的な病を患っている患者でも、十年くらい冬眠して起きれば誰かが治療法を見つけてくれているかもしれないと、そんな希望が抱ける時代だったんだよ。まるで、人類の知性の黄金期を目にしているようだった」

過去を回想するアンナの目は輝いていた。男は彼女の話している時代がいつごろなのかを考えた。

「夫と息子がスレンフォニアへの移住を決めたとき、わたしは自分の研究が完成間近だと考えていた。実際に、もう完成が視野に入っていた。連日のように新しい論文が発表されていたし、実用化まであと一歩というところだった。だから、夫と息子夫婦を先にスレンフォニアに渡らせて、自分は研究を完成させたあと行くことにしたんだよ。地球での暮らしも好きだったけれど、まったく違う惑星で新たな人生を始めるのも楽しみだった。スレンフォニアは美しい景色で有名だったからね。すでに開拓第二世代が住んでいたから、大きな苦労もなさそうだった。夫と息子を先に送ったのは、どうせ定住するなら早く行って適応したほうがいいだろうと考えたからさ。そのときは、こんなに後れを取るとは思わなかった」

そう語るアンナの声がにわかに低くなった。男は固唾(かたず)を呑んで話の続きを待った。アンナは肩をすくめてみせると、続けて言った。

「だけど、最近こんなことを思うよ。もしもすべてを知ったうえであのときに戻れるとしたら、自分がしてきたことをすべて諦めてスレンフォニアに行けるだろうか？　いくら考えても、そう簡単に答えは出ない。もちろん、そんなことを想像してみたところでなんの意味もないけれど」

「僕があなただったとしても、なかなか諦められなかったでしょう」

「そう思うかい？」

アンナは微笑んだ。

「ともかく、未来がすぐ目の前にあった。あと一歩、もう一歩を踏み出せば、人類はディープフリージングを使って深く眠りながら、さらに遠くの星々のなかへと散らばってゆき、われわれは宇宙を手中に収めることができるのだと、わたしはそう確信していた。好奇心と決意の入り混じった情熱に満ちていた。わたしたちのプロジェクトはほぼ最終段階に入っていたんだ。あとはいくつかの些細な問題をクリアすればいいだけだった。だけど、人生というものは本当に予測がつかないもんだね」

アンナがそこで話を止めたとき、男は妙な気持ちになった。

「お前さんも、その次に何が起きたのか知ってるだろう。宇宙開拓時代の二次革命と呼ばれるものさ」

「えっと……確か」

男はしばらく考えた。

「高次元ワームホールの通路が発見された」

アンナは微笑んだ。その笑顔はどこか寂しげだった。

「そのとおり」

ワープ航法によって宇宙開拓時代の輝かしい全盛期を迎えはしたものの、それは人類に無限大の速度を与えてはくれなかった。ほかの銀河までは短くて数ヵ月、長い場合は十年以上もの時間がかかった。しかし人間の生命のサイクルはせいぜい百年余りと決まっていて、そのうち活発に活動できる時期は数十年にすぎない。ディープフリージング技術が唯一の代案にして解決策と考えられたのも、有限な存在である人間の時間と無限の宇宙との隔たりを縮めるためだった。

もちろん、そんななか、星間航海技術には別の可能性があるかもしれないと言う人たちもいた。例えば、宇宙にはおびただしい数の「ワームホール」があるという理論。宇宙は巨大なリンゴのようなもので、宇宙のあちこちには、虫食い穴のような空間と空間を繋ぐ高次元のワームホールが存在するという話だった。そういった高次元の通路をうまく使えば、時間の遅延なしに宇宙のある一点から別の一点へたどり着けるだろうという考えは、当初はあまりに非現実的な話だと思われていた。ごく小規模でのワームホールの観測には成功したこともあったが、巨視的な宇宙空間でワームホールを利用するのは不可能に思われたうえ、すでにワープバブルという立派な航海技術もあったために注目されることはなかった。

ワームホールが改めて注目されたのは、偶然起きたある事件がきっかけだった。宇宙を航海していた一隻の宇宙探査船からの信号が突然途絶えた。どんなに経路を追跡してみても、探査船は見つからなかった。ところがその探査船は、まったく予期しなかった場所、ほとんど宇宙の反対側とも言えるような場所で発見された。ある物理学研究チームがこの信号消滅について粘り強く調査を続けた。そしてついに、当時探査船が研究目的で発生させていた特殊なアクシオン粒子線がワームホールを活性化させたことを突き止めた。それに続く研究は宇宙開拓のパラダイムを変えた。ワームホールは元来極めて不安定であるから宇宙船のような巨大な物体とは相互作用しないという通説が覆され、失踪した探査船のケースをもとに、ワームホールを安定化できる技術が続々と発表された。

宇宙にはすでに数えきれないほどのワームホールが存在していた。人類はただそれを利用すればいいだけだった。

「宇宙開拓時代の第一ステージが幕を閉じ、第二ステージへと移行した瞬間だった」

男は眉をひそめた。

「すると、あなたの研究はワームホールの発見によって中断されてしまったのですか？」

「ああ、それは違うよ。結論から言えば、わたしたちは結局、プロジェクトを成功させたんだ」

アンナは微笑んだ。男の反応を面白がっているようでもあった。言われてみれば、ディープフリージング技術は宇宙航海のためだけに必要な技術ではなかったのだから、その一件で無駄になるはずがない。男は表情を緩めた。

「もちろん、残念ではあったがね。実際に、わたしたちの研究への注目度はずいぶん落ちてしまった。ディープフリージングがあれほど多額の研究費支援を受けられたのは、やはり宇宙開拓の最後の希望だと思われていたからだけど、ワームホールの発見によって星間航海技術の主軸が完全に変わってしまったからね」

男が生まれた時代に、そこまで急激な技術革命というのはほとんど考えられなかった。アンナの世代で、すでにたくさんの試行錯誤を経ていたからかもしれない。アンナはしばし話を中断して、男の前にあるロボットのほうを目くばせしてみせた。ロボットを直すと言ったことをすっかり忘れて、いつの間にかアンナの話に聞き入ってしまっていたらしい。ライトが消えかかっているロボットを前にしてまごつく男をよそ目に、アンナは平然と話を続けた。

「とにかく、やりかけたことは最後までやり遂げなきゃならなかった。医療分野ではまだわたしたちの研究は必要とされていたしね。宇宙開拓の先駆者たちは彼らなりに新しい時代をひらき、わたしたちはわたしたちでこの研究を完成させる。だけど、それには少しばかり問題があった」

アンナの声が心なしか沈んだ。

「連邦政府と大衆の関心がよそに移ったせいで、翌年から研究支援金が大幅にカットされたんだよ。研究を継続できないほどではなかったけれど、非正規のエンジニアたちを再雇用する余裕はなかったね。人手不足になった。それまでより業務の量が増えて、プロジェクトの終了時期が延びてしまった。もちろん、だからといって研究を完成できなかったわけじゃない。さっきも言ったように、プロジェクトはすでに最終段階に差し掛かっていたからね。だけど、いざ長いあいだ手掛けてきた研究が終わるんだと思うと、どこか寂しいような気もしたよ。だから、スケジュールの遅れは悲しいことばかりじゃなかった。いずれにしても、もうすぐすべては終わるはずで、研究を完成させたあとわたしはスレンフォニアに渡り、地球を離れてそこで家族と余生を送ることになるんだから」

アンナはそこまで話すと、しばらく黙っていた。そして短い静寂のあとに、ぽつりと言った。

「そのときは、そう思ったんだよ」

男はアンナの冷静な表情の裏にあまたの感情が折り重なっていると感じた。

「年が変わり、数ヵ月が流れた。わたしたちは当時の最大規模のカンファレンスで研究発表を行うことになっていた。宇宙開拓時代の唯一の希望という派手な肩書はもう付かなかったけれど、それでもそのイベントで一番の注目のセッションだった。わたしはカンファレンスが終われば、実用化のために残りの契約手続きを済ませてから、ひと月ほどかけて地球での人生に区切りをつけるつもりでいた。そうしてカンファレンスの前日になった。そのときわたしが感じていた緊張感を想像できるかい？　数えきれないほどの発表をこなしてきたけど、その夜ほど緊張したことはなかったね。それもそのはずだよ。十年もの時間を捧げた研究の結果を発表する瞬間を、そしてついに人類が完璧なコールドスリープ技術を完成させたという重大な事実を自分の口から宣言する瞬間を、目前にしていたんだもの。鏡を見ながら表情を練習し、話すべき言葉を選んだ。ところがそのとき、行政秘書から電話がかかってきた」

「電話ですか？」

アンナはしばらく黙り込んだ。再び口を開いたとき、彼女はどこか物哀しそうに見えた。

「慌ただしい様子だった。慌てた声で、スレンフォニア行きの宇宙船は明日が最後だと……そう告げられたんだ。カンファレンスがあることは知っているけれど、やはり伝えるべきだと思ったと」

男は顔をしかめて尋ねた。

「ばかな。どうしてそんなに急に運航が中断されたのですか？　普通なら、開拓惑星は連邦法に基づいて、長いあいだ地球との交流を続けるはずですが」

「お前さんは遠方宇宙という概念には馴染みがないようだね」

男は必死に狼狽を隠しながら口をつぐんだ。

「遠い宇宙というのはだね」

アンナの視線が窓のほうへ向かった。

「さっき、ワームホールが発見されて宇宙開拓のパラダイムが変わったという話をしたね？」

「ええ」

「技術の転換は、思うよりも急に起こるものだよ。ワームホールの通路を利用する航法は、既存のワープ航法に比べてとてもメリットが多かった。はるかに速くて、安全で、経済的だった。ワープ航法は宇宙船の周りに一時的で局地的な空間歪曲バブルをつくり続けなければならないから、とてつもないエネルギーと移動時間を要したけれど、ワームホールならただそこにある通路のなかに入ればいいだけだったからね。同じ費用で宇宙船を送るとしたら、ワープだとせいぜい一ヵ所のところを、ワームホールの通路を利用すれば五ヵ所以上が可能になったわけだよ」

アンナの言うとおりだった。男が知る限り、ワープ航法を使って運航する宇宙船はもうない。

「問題は……ワームホール航法は、すでに宇宙に存在する通路だけを利用できるということだった。新しい通路をつくり出すことはできなかった。ほとんどの場合、それは問題にならなかったよ。ワームホールを安定させる方法がわかってからは、数えきれないほどの通路が発見されたからね。スペーストラベルの歴史が塗り替えられたのさ。スレンフォニアの問題は、まさにそこにあった。いっときはわたしたちにとって近い宇宙だったスレンフォニアは、ワームホール航法が導入されてからは、一瞬にして『遠い宇宙』になってしまった。そこには通路がなかったんだよ。スレンフォニア惑星系へ向かう通路はおろか、その近くへ行ける通路すらなかった。航海時間が長くてもひと月くらいにまで縮まった新しい開拓時代に、すでにある通路を使うだけでも行き尽くせないほどの数の星々があるというのに、何年も眠った状態で行かなければならない所へ宇宙船を送る理由があるだろうか？」

ようやく男は、なぜスレンフォニアについて聞いたことがないのかに思い当たった。男はあらゆる惑星系と主な惑星について勉強したが、スレンフォニアについては、かつて開拓された資源豊かな惑星としてしかリストに載っていなかったのだ。

「そろばんを弾いた宇宙連邦が通告したんだよ。スレンフォニアの人口は、すでに独立した惑星国家を維持するに足る数に達している。もうこれ以上宇宙船を送る必要はない。割にも合わないし、そこにつぎ込むエネルギーもない。そしてわたしは……研究に夢中になっていて、連邦がそんなふうに『遠い宇宙』のリストに載せた惑星に関するニュースを知らなかったんだよ。うかつにもね」

アンナの表情は淡々としていた。

「だけど、その日、ホテルの部屋でわたしに何ができただろう？　明日は、研究の結果を聞くために集まった数千人の聴衆が待っている。わたしは惑星へ移民する準備すらできていなかった」

アンナの口調は変わらず落ち着いていたが、男はそのとき彼女が感じたであろう絶望感を推し量ることができた。

「もちろん、なんとか宇宙船に乗ろうと考えたよ。カンファレンスが終わったらすぐにシャトルに飛び乗って、宇宙ステーションに向かうことにした。発表も少し早めに切り上げた」

「それで、成功したのですか？」

「いいや、駄目だった。発表のあと、押し寄せた取材陣に囲まれてしまった。時間がないと言ってどうにか抜け出したけど、時間のロスは取り返しがつかなかった」

「……」

「その過程はおそらく小説や映画のネタになりそうなほど劇的だったけれど、いずれにしても結論は同じだよ。失敗したんだ」

男は修理していた案内ロボットからすっかり手を離してしまった。案内ロボットはかすかなライトを点滅させたあと、やがて完全に止まった。アンナは動かなくなったロボットをしばらく見やった。

「わたしのように地球に残された人たちがずいぶんいたよ。なんらかの事情で間に合わなかった人たち。家族や大切な人たちと生き別れになった人たち。宇宙連邦はこの問題を知らんぷりした。技術のパラダイムシフトによって突然開拓惑星から『遠い宇宙』へと締め出された惑星の数は数十にのぼるのに、その数十もの惑星へひと握りの人を送ることはあまりに割に合わないと。まったくおかしな話さ。たった数年前までその割に合わない方法だけを使ってきたのは、ほかでもない連邦だったのに」

男はうなずきながら、老人の視線の向かう先を一緒に見上げた。ステーションのロビーの天井にはこんな言葉が書かれていた。

〈待ち人たちのための宇宙ステーション〉

「とある民間団体がわたしたちを救おうと立ち上がった。だけど、乗務員を探すのはとても大変なことだった。以前なら、高い報酬をもらって惑星まで往復する長期出張に出るのだと思うこともできた。だけど、いまやずっと良い方法があるのに、いったい誰がそれほどの時間をかけて行きたがるだろう？　コールドスリープ技術がようやく完成したとはいえ、彼らにだって一緒に時間を歩みたい家族がいるはずなんだから」

「出航する宇宙船がなかったんですね」

「そうだよ。それでも数ヵ月に一度、そして何年かに一度……ごくまれにではあったけれど、時々遠い宇宙へ旅立つ人たちを乗せて宇宙船が出航した。このステーションからね」

アンナがステーションの床を指して見せた。

「それからうんと長い時間待ったから、そろそろわたしの番が回って来るころだよ」

「するとあなたは」

男が妙な表情で訊いた。

「まだここでスレンフォニア惑星系行きの宇宙船を待っているわけですか？」

「まあ、そんなところだね」

アンナはにこっと笑った。

しかし、どうしてそんなことが可能なんだろう？　男は心の内に湧き上がる質問を呑み込んだ。

「あなたがそれほどスレンフォニアに行きたがる理由は、なるほどよくわかりました」

男は手で椅子を叩いた。アンナは男を見ている。どう切り出せばいいのだろうか。彼は無性に喉の渇きを感じた。

「ですが……初めからあてにならない話なんですよ。ここからスレンフォニア行きの宇宙船が出ると、誰かがそう約束したわけではありませんからね。その切符には具体的な時間や日にちも書いてありませんし」

「いつでも旅立てるとあるがね」

「逆に言えば、いつになっても出発の目途は立たないということでもありますね」

男はしきりにうなじをかいた。しかし、アンナはうつむいた視線を逸らしただけだった。単調な声で彼女は言った。

「愚かだと言われても仕方がないよ。わたしにできることといえば、こうして待つことだけなんだから」

「しかしアンナさん、もうご存じじゃありませんか」

「何をだね？」

アンナは折り目正しい笑みを浮かべた。

「ここはもう百年も前に閉鎖されたのです。それをご存じないはずはありません」

男はまるでずっと頃合いを見計らっていたかのように、思い切ってその台詞を言ってのけた。

もはや老人の話を聞くだけの忍耐力が残っていないか、あるいは今この瞬間がそれを言うのに最もふさわしいタイミングだと考えたためかもしれない。それでも、アンナの表情に目立った変化は現れなかった。

短い静寂のあと、アンナが肩をすくめた。

「それを知っていたとして、何か変わるかね？」

「アンナさん」

男が立ち上がった。

「あなたの歳を推定してみたところ、百七十歳のようですね。いったいどうやって今まで生きていられたのですか？　そのあいだ、ステーションにはいったい何度行き来されたのですか？」

「人間がそんなに長く生きられるはずがないだろう？　そうか、お前さんはここの社員じゃなくて、宇宙を彷徨う亡霊だったのか」

アンナのとぼけた答えに、思わず力が抜けた。男は失笑した。

「冗談はよしてください」

なんだかからかわれているような気もする。この話をするためにここにやって来たことを、初めから気づかれていたのだろうか？ 彼女は微笑みを浮かべたままだった。

「わたしは起きていた時間の分だけ、生きていたのだよ」

男は周囲を見回した。まだ作動している案内ロボットたち、長らく打ち捨てられていたにしてはあまりにきれいな椅子と照明設備。古びて年季の入ったステーションだが、まだどこか人の気配が残っている。

「待つためには、うんざりするほど長い時間を眠り続けなければならなかった。待った結果を確かめるために、時々目覚めてみる必要はあったがね」

そのときになって男は、アンナから漂うかすかな有機物質の匂いに気が付いた。老人特有の体臭だと思い込んでいたものは、おそらく最先端の技術の、いや、すでに昔の技術になってしまったそれの、副産物なのかもしれない。男はもう一度冷静に言った。

「恐れ入りますが、言わせて頂きます。この軌道にはもはや廃棄済みステーションのためのスペースは残されていません。わたしはスペースデブリを廃棄して回収する作業を任されています。ここはもう五年も前に最終廃棄期限が過ぎているんです。とっくに回収されているべきですが、ステーションを廃棄しようとするたびにあなたがここにいらっしゃるので、どうにも手が付けられなかったのだと聞きました」

「やれやれ、こんな老人をなぜそこまでしていじめるんだろうね」

「いじめる？　これまで三人もの社員が派遣されたのに、このステーションには接近すらできなかったらしいですね。つまり僕をここに受け入れてくれたこと自体、いくらか気持ちに変化があったということなのでしょう。いったい何をどうされたのかはわかりませんが……」

「なんのことだか、わたしにはさっぱりわからないね」

アンナの表情は余裕に満ちていた。男は唇を噛んだ。

「アンナさんの老後は弊社のほうで保証します。ステーションを期限までに廃棄しなかったので、連邦に徴収される罰金が年々膨れ上がっているのです。そのかび臭いコールドスリープ・マシンのなかで、この先百年も二百年も待ち続けるおつもりですか？　スレンフォニア行きの宇宙船はもう来ないんです。わたしどもの提案を受け入れてください。お願いします」

老人は瞼を閉じた。まるで聞く耳を持たない様子だった。

「このとおりお願い致します。どうしてもご協力頂けない場合は、強制的に連れ出すしかありません」

男の言葉に、アンナが席を立った。男は一瞬ひるんで後ずさった。アンナが懐からプラズマガンを抜いた。男は内心驚愕した。とにかく落ち着くのだ。

「あなたがわたしを殺さないだろうことはわかっています」

「なぜそう確信できるんだい？」

彼女がほんの少し口端を上げて笑った。頭だけは確かな老人だと思ったが、ひょっとして違うのか？　男は冷や汗が背筋を伝うのを感じた。銃口がこちらに向けられた。

「確信ではありませんが。なんてこった、お願いだからその銃を下ろしてください。少なくとも今の僕に武器がないことはすでにご存じでしょう」

アンナは拍子抜けするぐらい素直に銃を下ろした。

「わかったよ」

男は今にも張り裂けそうな心臓をようやく落ち着かせた。百年ものあいだステーションを占拠していると聞いてよほどの変わり者だろうとは思っていたが、ここまで過激な老人だったとは。

「どうせ撃つつもりもなかったさ。そもそも壊れていて使い物にならないものだしね」

彼女はそう言いながら、プラズマガンをぽいと床に放り投げた。

「これだけは、わたしに修理できるものではなかったね」

男はそれでも暴発を恐れて、思わず表情を硬くした。そんな男を見てアンナは噴き出した。

「臆病な若者だね」

「僕はまだこの先長いですから」

男がつっけんどんに応じた。アンナは再び腰を下ろした。もう立っていることすら面倒だというふうに。男がほっとして尋ねた。

「それでアンナさん、あなたはここでいったい何をされたいんですか」

「さっき言ったとおりだよ。待っているのさ」

アンナの視線が窓の外の宇宙に向かった。

「いつかはスレンフォニアに行けるんじゃないかと、一縷の望みをかけて待っているんだよ。いつかここから宇宙船が出航する日が来るんじゃないか、いつかはスレンフォニアの近くにワームホールの通路がひらけるんじゃないか……お前さんから見ればただただ無駄な時間に思えるかもしれないが、わたしのような老人にとってはそうじゃない」

「スレンフォニア惑星系行きの宇宙船はありません。これからもないでしょう。ここはもうずっと前に閉鎖されたのです。スレンフォニアの近くにワームホールの通路があるなら、とっくに発見されているはずです。それにアンナさん、仮にそんなものが発見されたとして、今更なんの意味があるでしょう？　あなたが百年以上も凍結と解凍をくり返しているあいだに、そこにいたあなたのご家族はすでに生を全うしてこの世を去っているでしょう。百五十年以上も生きる人の話なんて、聞いたことがありませんからね。お願いですからもう諦めて、わたしたちと一緒に行きましょう」

　男はそう言い放つと、ちらりと腕時計を見た。本社からは二時間以内に彼女を連れ出すよう指示されている。軌道上にあるほかの多くの衛星に被害を与えることなく、適切なタイミングでステーションを破壊してデブリを回収するのは容易なことではない。時間はもうあまり残されておらず、男はいまや力ずくでもアンナを諦めさせねばならなかった。

「もちろん、わたしが愛した人たちはもうみんな死んでいるだろうね」

　アンナはまるで今朝の朝食のメニューでも回想するような口調で言った。

「それでも行ってみたいんだよ。わたしの故郷になっていたかもしれない惑星に。運が良ければ、夫のそばに眠ることだってできるかもしれない」

「同じ場所に眠ることに、それほど特別な意味があるでしょうか？　どうにも理解しがたいことにこだわられますね」

「最近の若者はそんなことにこだわらないようだね。それじゃあ世代差のせいにしておこう。わたしはお前さんより百歳以上も上だからね」

まったく頭がおかしくなりそうだ。男は心の内でつぶやいた。

「頑固なおばあさんを説得する方法を研究されたことは？」

「わたしの知る限り、そんな方法はないね」

「けっこうです。では僕は本社に支援を要請します。力ずくになっても怒らないでくださいよ」

彼女との対話は、男にとってもうなんの意味もなかった。

しかし、くるりと背を向けた男に向かってアンナが口を開いた。

「さっき、ディープフリージングは完全なコールドスリープ技術だと話しただろう」

「はい……そうですが」

男はため息をつきながら、また老人に向き直った。

「だけど、それも完全ではなかった。百回近く寝起きをくり返してみて、ようやくわかったよ」

アンナは今、窓の外を眺めていた。ほかの軌道を回る宇宙ステーションが二人の目の前を通過していった。そこには出発間際の宇宙船が一隻、ドッキングされていた。

「凍結から目覚めるたびに、脳細胞がごっそり死んでゆくような気分がわかるかい？　わたしは今じゃその感覚を知っている」

「……」

「凍結はただで得られる不滅や不死身なんかじゃなかった。生きていることを確かめるには目を覚ます必要があるし、わたしはその都度、自分で生きてもいない寿命を支払っているような気分になるんだよ」

「じゃあいったいなんのためにそんなことを？　穏やかな余生を送ることだってできるじゃありませんか」

「それはお前さんの思ったとおり、わたしが頭のおかしな年寄りだからさ」

アンナがいたずらっぽい笑顔をつくってみせた。男はなんと答えてよいかわからず、戸惑った。

「今じゃ状況の判断もうまくつかなくなってね。自分はまだ凍結中なのか、ひょっとして、これらすべては実はとっても寒い所で見ている夢にすぎないんじゃないか。かつて愛した人たちは本当にわたしから永遠に離れていってしまったのか、彼らが去って百年以上が過ぎたのだとしたら、どうしてわたしはいまだに凍結と覚醒をくり返すことができるのか、どうして毎回死なずに目覚めるのか。どれほどの時間が流れ、世の中はどれほど変わっているのか。だとしたら、わたしが彼らに再会することだって可能なんじゃないか。それなのに眠っているあいだ、なぜ誰もわたしを訪ねてこず、どうしてわたしはまだ出発できないのか……」

アンナはにこりと笑った。

「考えてもごらん。完璧に見えるディープフリージングですら、実際には完璧じゃなかった。このわたしですら自分で経験してみるまでは気が付かなかったんだ。それどころかわたしたちは、まだ光の速度にも到達できていない。それなのに人々は、まるで自分たちがこの宇宙を征服したかのような顔をしている。宇宙がわたしたちに許したのは、たかだかワームホールの通路を使ってたどり着けるごく一部の空間にすぎないというのに。かつて一瞬にしてワームホールの通路が現れ、ワープ航法が破棄されたように、もしもまたワームホールが消えたとしたら？　そうしたらわたしたちは、さらにたくさんの人類を宇宙の彼方に取り残すことになるんだろうか？」

「アンナさん」

「別れというのは、昔はこんな意味じゃなかった。少なくともかつては同じ空の下にいたからね。同じ惑星で、同じ大気を分かち合っていた。だけど今では、同じ惑星はおろか同じ宇宙ですらない。わたしの事情を知る人たちは、数十年ものあいだわたしを訪ねてきては慰めの言葉をかけてくれたよ。それでもあなたたちは同じ宇宙に存在しているのだと。それはせめてもの救いではないかとね。でも、わたしたちが光の速さで進めないのなら、同じ宇宙にいるということにいったいなんの意味があるだろう？　わたしたちがいくら宇宙を開拓して、人類の外縁を押し広げていったとしても、そこにいつも、こうして取り残される人々が新たに生まれるのだとしたら……」

「そうやって時間を稼ごうとしても無駄ですよ」

「わたしたちは宇宙に存在する孤独の総量をどんどん増やしていくだけなんじゃないか」

男は口を閉じた。しばらく静寂が流れた。

　アンナが言った。

「出発させておくれ」

「出発というと、これから一緒に地球へ向かわれるということですか」

「わたしは自分の宇宙船に乗って、スレンフォニアへ向かうことにするよ」

「ご冗談を。そんなことは不可能です」

　男は断言した。

「ひょっとしてあそこに見えている、あれに乗って行くということですか。それは完全なる自殺行為です。あのちっぽけな宇宙船でどこへ向かわれるというんですか？　あれは地球と衛星を行き来する用途で作られたシャトルじゃありませんか。スレンフォニアまでたどり着けるはずがないし、第一、許可を受けていない航海や探査行為は連邦法によって厳しく禁じられています。幇助するだけでも処罰の対象ですよ。そんなことはやめて、さあ……一緒に地球へ帰りましょう」

「わたしには自分の向かうべき場所がよくわかっているよ」

アンナは毅然としていた。そして疲れているようだった。

「わたしに最後の旅をさせてくれないかい」

男はしばし葛藤した。本社からは老人を地球へ連れ帰るように言われていたが、彼女の長い身の上話を聞くうちに憐れみの気持ちが生まれたのも事実だった。

しかし、彼女は絶対にスレンフォニアに到達できないはずだった。アンナの個人用宇宙船は、ワープバブルすらつくり出せない旧式のシャトルだった。それにスレンフォニア惑星系は、光の速さで進んだとしても数万年はかかる距離にある。

何より男には、その旅に許可を与える権限がなかった。このところ、連邦はスペースデブリの発生を厳しく取り締まっている。軌道を漂う宇宙の廃品が飽和状態に達したため、熟練のパイロットですら一瞬の判断ミスで衝突事故を起こしかねない。もし老人の無許可の旅を幇助したら、たくさんの廃品が散らばったり、多くの人工衛星が破損したりするだろう。アンナの言うとおりなら、彼女はディープフリージングのプロではあったが、プロのパイロットではないのだ。

「申し訳ありません」

男はアンナと目を合わせないようにして答えた。

「僕も上の指示で来ているもので」

心からのお詫びだった。彼女の話を聞いて一瞬心が揺らいだ。しかし男にはほかに方法がなかった。

もっと抵抗されると思ったが、意外にもアンナはおとなしくうなずいただけだった。

「わかった。それなら仕方ないね。地球へ出発するとしよう」

こちらの気弱な態度が老人の心を動かしたのだろうか。アンナに申し訳ないような気になり、男はもう何も言わずにくるりと背を向けた。

アンナは平然と周囲を見回していた。

「このステーションがなくなるとは残念だね。これで一つの時代が幕を閉じたようだ」

ステーションのブラックボックスを回収するよう本社から指示されていた。それはエンジンルームにあるはずだった。男は窓越しに、ドッキングされているシャトルを見やった。彼が乗って来たシャトル。その隣に、アンナの古びた小さなシャトルが見える。自動運航装置は付いているはずだから、本社から支給されたシャトルで一緒に帰ったほうがいいだろう。

「少しだけ待っていてください。すぐに出発しますから」

男は通路を渡りエンジンルームに向かった。老人にも、長らく慣れ親しんだこのステーションに別れを告げる時間が必要だろう。エンジンルームに入った男は、長い年月を経てもなお素晴らしく手入れの行き届いたステーションを目の当たりにして、改めて驚嘆した。自動整備機能が付いているとしても、やはりエンジニアの管理がなければこれほどの状態を維持することはできないはずだ。どうやら老人の才能は、自分の研究分野のほかにも多方面にわたるようだ。

モニターにセキュリティコードを打ち込むと、ブラックボックスの位置が表示された。コントロールルームにあるらしい。その内容を分析すれば、これまでこのステーションで何があったのかがわかるはずだ。気の毒な老人を尋問にかけなくとも。

コントロールルームですべきことはほかにもあった。アンナが乗って来たシャトルを自動運航に切り替えて地球へ向かわせ、二人が同乗するシャトルのドッキングを解除するためのスタンバイを指示すること。男はエンジンルームのすぐ隣の部屋に向かった。扉を一つ抜けると、そこは窓から目の前に宇宙を見晴らせる手狭なコントロールルームになっていた。

その瞬間、ガタンと音を立ててステーションが揺れた。床を大きく揺さぶるような振動が走った。男は慌てて振動が伝わってくる方向を振り返った。透明なガラス窓の向こうに、アンナのシャトルが見えた。シャトルは出発のためのスタンバイに入っていた。

「やられた！」

アンナはドッキングを解除しようとしていた。気を抜いたのがいけなかったか。地球へ向かおうとしているようには見えない。男はコントロールルームのボタンを押して、ステーションからシャトルが分離されるのをなんとか止めようとしたが、忌々しい騒音はやまなかった。

しばらくして、ステーションがひっくり返るほどの大きな振動が感じられた。

「アンナさん！」

声が届かないことを知りながらも男は叫んだ。老人のシャトルはすでにステーションを離れ、遠い宇宙に向かって舵を切っていた。

男は面食らい、ブラックボックスの位置を確認した。この状況はそっくりブラックボックスに録画されているはずだ。下手をすれば、無許可の航海を幇助した疑いをかけられる可能性すらある。ほかに方法はなかった。男は手を動かして、コントロールルームに備わっている簡易式の武器を探した。ボタンを押せば、ステーションに搭載されている防御用の武器からプラズマが発射される。

そのとき、シャトルを操縦していたアンナがこちらを振り向いた。男とアンナの視線がぶつかった。

男はボタンを押して、プラズマを発射した。照準を定めたものの、シャトルから外れた。放たれたプラズマは近くにある廃品の表面をかすめ、小さな破片が飛び散った。プラズマは虚空で散り散りになった。男の視線がアンナを追った。アンナは男が自分に的を定め、やがて廃品とプラズマがぶつかり爆発する様子を眺めていた。

アンナが男を見てにこりと笑った。

男は、大きな衛星の合間を、アンナのみすぼらしいシャトルが破片をよけながら動くのを見ていた。間違ってぶつかろうものなら、一瞬にして粉々に砕け散ってしまいそうなほど小さなそれを。古びたシャトルには、ひどく旧式の加速装置と小さな燃料タンクのほかには何一つ付いていない。いくら加速したところで、光の速度には追い付けないだろう。どれだけ進んでも、彼女の行きたい所にはたどり着けないだろう。

それでもアンナの後ろ姿は、自分の目的地を信じて疑わないように見えた。

やがてアンナは破片のない空間に抜けた。もう彼女の行く手を遮るものはなかった。アンナのシャトルは徐々に速度を上げて、地球から遠ざかっていった。男はコントロールームのボタンから手を離した。そしてふと彼女の言葉を思い浮かべた。

「わたしには自分の向かうべき場所がよくわかっているよ」

遠くの星々はまるで静止しているかのように見えた。そのなかを、古びた小さな一台のシャトルだけが、時が止まったような空間を横切って進んでいく。

彼女はいつの日か、本当にスレンフォニアにたどり着けるかもしれない。

ともすれば、とても長い時間が流れた果てに。

男は老人が最後の旅に出る姿を見守った。

感情の物性

감정의 물성

ユン・ジヨン 訳、カン・バンファ 監修

その一風変わった商品のサンプルを初めて目にしたとき、僕は締め切り前のオフィスに座っていた。特集記事の映画レビューを書くはずだった評論家からは締め切りを二度も延ばしたあげく書けないと携帯メールが来たし、別の誌面では著作権を巡って急にケチをつけ始めた写真家のおかげで、僕はすっかり頭を抱えてしまっていた。レビューの穴埋め原稿を探していた新入りのエディターはしまいには諦めて自分で書き始めたが、十分ごとにため息をつきながらノートパソコンを手に僕のデスクにやって来て、助けを求めた。初めの何度かは付き合っていたが、僕も自分の担当分の原稿をこなすだけで手いっぱいだった。

そんなありさまだったので、オフィスの誰かがそのエモーショナル・ソリッド社の新商品をテーブルに置いてパシャパシャと写真を撮り始めたときも、僕は顔を上げなかった。

しかし商品の周りに集まってきた後輩たちが不思議がって口々に話し始めると、騒音はついに我慢ならないレベルに達した。

「これ、最近インスタでものすごい話題なんですよ。まだ正式ローンチもしていないのに、もう中古で高く売れてますし……」

「それって単にバイラルマーケティングなんじゃねえの？」

「わたしも初めはそう思ってました。でも、それにしてはあまりに反応が熱いんですよね。ステマはしないって言われるブロガーたちもみんな取り上げてて。わたしの知り合いの記者は、もう電話でインタビューまでしたと言ってました。明日、記事が出るんですって。わたしたちも乗り遅れる前に早くインタビューしなくちゃ」

うるさいとひとこと言ってやるつもりで立ちあがった。ところが、視野に飛び込んできた、その熱狂的な反応を呼んでいるらしい商品は、少し妙な形をしていた。テーブルの上にちょこんと置かれた、緑色の四角い小石。それ以外にどうにも形容しようのない物体だった。

「ジョンハ先輩。もう終わったんですか？」

「いや、まだだけど。ところで、それは何？　石ころ？」

「あ、これですか。『感情の物性』というんですが、これが面白いんですよ」

待ってましたとばかりに、後輩の一人がアイパッドを片手に身を乗り出してきた。今月号の巻末の〈いま注目のアイテム〉コーナーに載せる短い紹介文だった。SNSで流行りの生活用品やインテリア雑貨などを紹介するコーナーだが、今回のものは説明を読んだだけではまるきり想像がつかない。

その紹介文によると、エモーショナル・ソリッド社はもともと文具類を専門とする平凡な会社だった。洗練されたデザイン、つまりはインスタ映えするデザインで人気を集め、国内の文具メーカーとしては珍しく、ダイアリーや万年筆などを電車の中吊り広告にするほどよく売れていたのに、あるときぱたっと商売をやめてマーケットから姿を消した。それから一年後に復帰してローンチした商品が、この感情の物性シリーズなのだという。

「感情の物性？」

「なんでも、会社のPRによると、感情そのものを造形化した製品だというんですよ。バリエーションもかなり豊富です。ベーシックラインは『キョウフ』体、『ユウウツ』体というふうに名前が付いていて、ソープとかアロマキャンドルとか、手首に貼るパッチなんかの派生商品もあります。今回ユジンさんが入手してきたのは『オチツキ』ソープというものですが、普通にソープとして使ってもいいですし、ただ手で触っているだけでも効果があるらしいんですよ。十分ほど使えば、心が穏やかになるって……」

「何ばかなこと言ってんだよ」

僕は眉をひそめた。なんだか似非科学商品を売る業者と言うことがそっくりではないか。脳波に働きかける集中力アップグッズだの、健康ブレスレットだの、一粒飲めば心が安らぐ薬だのといった類のもの。しかしそれらはたいがい科学的根拠のない詐欺まがいの商品か、薬局で処方箋に基づいて販売されるべきものだという結論に落ち着いたではないか。

「でも、本当に効き目があるみたいですよ。みんなそう言ってます。あそこのユジンさんが持っているものは『トキメキ』チョコレートというんですが、ひと口食べてからもう三十分もあんな調子なんです。彼氏からの電話を待ってるんですって」

「チョコレートはもともと人をドキドキさせるんだ。別にトキメキチョコだからじゃないだろう」

「でも、そういうレベルじゃないんです」

後輩は大きくため息をついた。こちらもため息をつきたかった。ヒップスターたちを狙ったとんでもないペテン劇の幕開けなのでは、という疑いが内心芽生えたが、どうせ数ヵ月も経てばみんな忘れてしまう一時的な流行アイテムにすぎないだろう。要らぬ正義感で無駄に苦労することもない。

エモーショナル・ソリッド社の商品は本当に効能があると主張する後輩たちに比べ、同期のユン・ジウは別の意見を持っていた。

「ほら、よくあるでしょ。ちょっと変わったアイテムだけを専門に扱うセレクトショップとか。よくよく調べると本当に効能があるわけじゃないんだけど、キダルト（訳注：「キッズ」と「アダルト」をかけ合わせた言葉で、子どものような心を持った大人の意）たちの収集癖をくすぐる、みたいな？　そっち系では人気あるんじゃないかな」

僕の彼女のカン・ボヒョンも、たわいない小物を集める趣味を持っていた。一つひとつにそれぞれ意味があってどれも大切なんだとボヒョンは話していた。ケース棚を眺めていると、旅先で偶然迷い込んだ路地の記憶だとか、雑貨屋の棚とか、どれを買おうかとわくわくしたときの気持ちなんかがよみがえるのだと。そんなものを記憶したところで別段何かに役立つわけでもあるまいが、おそらく感情の物性も、そうしたなんでもないものに意味づけをしたがる人たちをターゲットにしたマーケティングなのだろうと、僕は早合点した。

エモーショナル・ソリッドに関する話は、ほどなく記憶から忘れ去られた。雑誌のリニューアルを前に編集長との言い合いが続くわ、ボヒョンとはうまくいかないわで、たいそう気が立っていたのだ。世の人々が小ぎれいな石ころを撫でて平穏と幸福感を手に入れようが入れまいが、そんなことは僕にとってさほど重要ではなかった。

ボヒョンからの連絡が途絶えてすでに一週間が経っていた。ボヒョンと僕は近くに住んでいたので、普段は仕事帰りにお互いの家に寄ったり、一緒に公園を散歩したりと、わずかな時間であっても共に過ごした。毎日会える分、携帯でしょっちゅう連絡を取り合うことはないが、それでも朝晩のメールのやりとりはもう十年も続けてきた日常だった。それなのに、もう二週間もボヒョンに会ってないうえ、ここ一週間は電話やメッセージに返事すらないのだ。

ボヒョンの長い沈黙は、「あなたのどこが間違ってるのか、まだわからないの？」と僕をとがめ立てているように感じられた。そんな状態が二週間も続くと、いっそのこと怒鳴るなり胸ぐらをつかむなりして派手にけんかでもしたほうがまだましだと思えるくらい気になって仕方がなく、もういても立ってもいられなくなった。今日こそはボヒョンと話し合いをしようと意を決した。会社の帰りに家の前で待っているからちょっと出て来てほしいとメッセージを送信し、車のハンドルを握ると、部屋に来てもかまわないと返事が来た。

近所のカフェに立ち寄ってボヒョンの好物のケーキを手土産に買い、彼女の部屋に着いたときも、あんな光景は予想だにしていなかった。ドアを開けた瞬間、不思議な香りが漂ってきた。

「なんでこんなに香水を……」

そこで口をつぐんだ。ボヒョンが泣いている。ボヒョンの足元には開封したばかりとおぼしき宅配便の箱が転がり、手には小石が一つ握られていた。碧い石。ボヒョンはもう長いこと泣いていたのか真っ赤な目で僕を見つめてから、石に視線を戻した。そのあいだも、むせるようなきつい香りが肺を突き刺すように鼻から流れ込んできた。

「これはいったい、何なんだ?」

「ユウウツ体よ」

僕の視線が開封済みの箱の表面を捉えた。見覚えのあるデザイン。エモーショナル・ソリッド社の「ユウウツ」ラインのパッケージだった。

部屋いっぱいに立ち込めた匂いで頭がくらくらした。ボヒョンが感じている息詰まるような感情が僕にも伝わってくるようだった。ボヒョンは無口だったが、何も言わない代わりに、いつもと違って僕を避けることもしなかった。僕に慰めの言葉を求めているのかもしれない。しかし、いったいどんな言葉をかけるべきなのだろう? 普段どおりの慰めの言葉に果たして意味があるのだろうか。僕は彼女のそばへ寄ると、そっと肩を抱き寄せた。

ボヒョンは去年の暮れから続いている親とのけんかで疲れ切っていた。僕たちは十年近く付き合い、今ではお互いがいることが当たり前になっていたが、ボヒョンの強い意志で結婚はしていない。保守的な家風の彼女の家では、そんなボヒョンのことが気に入らないらしい。ことに伯父が倒れてからは、いっそのこと家に戻って介護でも手伝うようにとプレッシャーをかけられているようだった。だからボヒョンの家族が僕を不服に思うのも当然だった。知らない番号から電話がかかってきたり、責任感がないなどというメールが届くこともあった。ボヒョンは僕に、自分の家族の番号をすべて着信拒否に設定するよう助言した。僕はどうすべきかよくわからないまま、電話が鳴ると着信拒否ボタンを押した。

ボヒョンを救いたいと思いつつも、この状況を打開する術は僕にはなかった。問題は、ボヒョンと僕とが感じる感情的な疲労感だった。僕に何か行動を求めるでもなく、かといって何かうまい解決策を探すでもなく、ひたすら苦しみだけを訴えるボヒョンに僕はだんだん疲れていった。だから数週間前には、家族の望みどおり挙式だけでもしてはどうかと話してみたところだった。どのみち家も近くお互いの持ち物もかなり交じり合っているのだし、いっそのこと二人でもっと広い所に引っ越すのも悪くないと思った。独立した生活を守りたいというボヒョンの気持ちはわかるけれど、それくらいはお互いに合わせていけるとも思った。少しの妥協で長い苦しみから解放されるのなら、そのほうがよいのではないか。おそるおそるそう切り出した僕に、ボヒョンは怒りをぶつけた。そして言った。

「ジョンハ、わたしたちの関係は結婚の予行演習じゃないのよ」

彼女が怒る理由を理解したいと思いながらも、いまいち腑に落ちなかった。そのときからだったように思う。この冷却期間が始まったのは。

もどかしさにむかっ腹が立った。いったい何なんだ、このふざけた物は。

長いこと窓を開けて換気をせねばならなかった。泣き疲れたボヒョンは久しぶりに僕のそばで眠りに落ちた。しかし翌朝目覚めたとき、そこにボヒョンの姿はなかった。僕は引き出しの上に積まれたユウウツ体をすべてゴミ箱に投げ込んでから、ボヒョンにお医者さんに行ってカウンセリングを受けてみてはどうかとメールを送った。

業務中はボヒョンとのことを忘れて、なるべく仕事に集中しようと努めた。だけどあいにくその週はなぜか僕に回って来るはずの作業が滞りがちで、ぼんやりモニターを見つめているうちに物思いにふけることが多かった。だから僕のデスクの前を行き来する人たちが口にする、さしたる興味もない話まで聞くことになったのだ。

そう、例えばエモーショナル・ソリッドの話だとか。

感情の物性は正式ローンチからひと月で早くも一つの社会現象になっていた。動きの早い雑誌は一斉に、感情の物性の商品を分析した記事と合わせてエモーショナル・ソリッド社の代表のインタビューを掲載した。しかし、ほとんどのインタビューは書面や電話で行われたもので、代表の顔と詳しいプロフィールは謎に包まれたままだった。

「いったい誰が何のために、『ユウウツ』とか『フンヌ』とか『キョウフ』なんかを買いたがるんだ？」

「そっち系はわたしにもよくわからないですけどぉ」

手の甲に「シュウチュウ」パッチを貼ったキム・ユジンが肩をすくめてみせた。

僕はといえば、エモーショナル・ソリッドのアイテムに効き目があるなんてまるで信じていなかった。どうせ、癒し効果があると言われるアロマオイルやキャンドルと同じく、ユーザーの気分によるものに違いない。それよりも僕が気になったのは、「なぜ人は好き好んであんなものを買おうとするのか」ということだった。シアワセとかオチツキとかの感情がよく売れているという話なら、大衆がプラセボ効果に頼って癒しを得ているのだと理解することもできる。しかし、ネガティブな感情までもがよく売れているというのは、やはり不思議でならなかった。

わざわざカネを払ってまで鬱になりたがるなんて、いったいどんな奴らなんだ？　カネがあり余って幸福感まで持て余しているとでも？　そんなひねくれたことを考えながら、僕は感情の物性の流行現象を見守っていた。ボヒョンがユウウツ体を使っているところを目の当たりにしたあとだったので、話が出るたびに興味を引かれた。それでも、効能について真面目に取り合う気はなかった。どうせ巧妙なマーケティングにすぎないのだから。編集会議で何度か感情の物性の特集企画案が持ち上がったが、僕がその都度にべもなくはねつけたので、レビューを書きたがっていた後輩たちもやがて諦めて別のアイテムに切り替えた。

インスタでいち早く話題をさらったエモーショナル・ソリッドは、次いでネットの掲示板と新聞の文化面をにぎわせ始めた。ユーチューバーたちは感情の物性を実際に使ってみてレビューする動画を配信し、ほどなくテレビ番組でもよく見かけるようになった。感情の物性をあれこれ試しながら面白おかしいトークをくり広げるバラエティ番組を編集した動画クリップが、ネット上に出回った。

一方で、僕と同じくこの現象に疑いの目を向ける人たちも多くいた。ツイッターやネットコミュニティで副作用を訴える声をちらほら見かけたかと思うと、ついに「ユウウツの使いすぎ」に注意を促す記事が現れた。目立った競合会社はなかったが、ネットのスレッドが感情の物性の話題一色であることを不満に思った人たちが商品を誇大広告であると訴え、食薬庁が調査に入ったという噂も聞かれるようになった。エモーショナル・ソリッド社は即座に、安全性は検証済みであると釈明する資料をメディアに流した。それでもますます膨れ上がる疑惑に、何か手を打たなければならない状況には違いなかった。

「先輩、ちょっとこれを」

そんないきさつがあったので、その記事を初めて目にしたときにまず頭をよぎったのも、いた。

「ついに来たか」といった程度の感想だった。記事はかなり扇情的な見出しをつけられて
〈ティーンエイジャーらが路地裏で「極悪非道」の暴行、背後には「ゾウォ体」か〉

最近起きた青少年らによる集団暴行事件を報じた記事だった。記事は、加害者の青少年たちがエモーショナル・ソリッド社の商品を所持していたことにスポットを当てて大々的に報じていた。記事の主張を鵜呑みにするには疑わしい点が多々あった。感情の物性に果たしてそれほどの効果があるのかという問題はさておき、流行に敏感な若者でその商品を使ったことのない奴なんているだろうか。ゾウォ体が青少年の犯罪を誘発したという記事の論調には同意しかねた。

「そいつらはゾウォ体のせいで犯罪を犯したんじゃなくて、犯罪に及んでから何か言い訳を探したんじゃねえの」

もともと犯罪を犯す心算(つもり)だった奴らが、酔っぱらって心神喪失状態にあったとあとから言い逃れをするのと同じだ。だけど軽くあしらう僕とは違って、後輩のエディターたちはかなり深刻な面持ちだった。もっとも、効能があると固く信じていた人たちにとっては、これほど衝撃的な記事もないだろう。このオフィスでも時折不思議な香りが漂ってくることがあり、ほどなく僕もそれが「オチツキ」パフュームだと知ったのだから。効き目を信

じていないのはもはや僕だけじゃないかと思うほどだった。

翌日、休憩室に入ると、ユジンが感情の物性の商品をゴミ箱に放り込んでいるところに鉢合わせした。僕がしげしげと見ると、ユジンはバツの悪そうな表情で言った。

「実はこないだ、ゾウォを買ってみたんですけどぉ。ちょっと怖くなっちゃって、これは捨てよっかなって」

「何のためにゾウォを買ったんだ?」

「えっとぉ……なんとなくちょっと変わった色合いで、気になったから? でも実際に使ってみたことはないですよぉ」

予想外の返事だった。個人的な理由で買ったのか、本当に見た目を楽しむためだけだったのか、それとも単に流行りに乗っかったと言うのが気恥ずかしいのか。しかし、それ以上食い下がるのも気が引けたので、僕は肩をすくめて別の質問をした。

「ほかのものは捨てないの?」

「はい。お気に入りは『オチツキ』なんですけど、けっこういい感じなんですよぉ。とくに危険もなさそうですし」

「どうして効き目があると思えるのか、僕にはわからないよ。みんな少し単純すぎるんじゃないの?」

冗談めかして言ったつもりだったのに、口を衝いて出た口調の鋭い響きに自分でもぎょっとした。しかしユジンは前にも同じことを言われたことがあるのか、それとももう何度も考えた問題だったのか、落ち着いた様子で答えた。

「でもぉ、逆に効果がないと信じる理由もないんじゃないですかぁ？　例えば抗鬱剤みたいなものだって効果が立証された薬物なんだし、人の気分や精神に影響を及ぼしますよね？　チョコレートとかワインが人の精神に作用するっていう研究結果もありますし。もちろんエモーショナル・ソリッド社はこの製品の正確な作用のメカニズムを公開してはいないですけどぉ……」

「抗鬱剤は気分をよくするためのものだけど、感情の物性はネガティブな感情も飛ぶように売れてるんだろ？」

「ネガティブな感情のラインはたくさん売れても、実際に使用される量は少ないらしいですよ。みんな実際には使わなくても、ただその感情を所有したいんじゃないですかぁ？　いつでも手の届く所にある、コントロールできる感情みたいなものですよね。これもよその雑誌に載っていたレビューで読んだんですけどぉ」

「さあ、僕にはよくわからないなあ。だって、その石ころを持っていることが、本当にその感情を持っているということにはならないだろ？」

ユジンはしばらく考え込むような様子で、頭をかいていた。それからゴミ箱に捨てた製品のほうにちらっと目をやった。そしてまだ眉間にしわを寄せたままの僕の表情をうかがうと、真面目な顔になって口を開いた。

「先輩には理解できないかもしれないですけど、わたしの考えはこうです。物性というのは、人が考えるよりも人を惹きつける力がある。ほら、コンサートのチケットを捨てないで長いこと持っている人ってけっこういますよね。写真だってわざわざプリントして飾っておくし、いくら携帯で撮った写真のほうが写りが良くても、いまだにポラロイドのほうが好きだという人もいます。電子書籍のマーケットが成長しても、やっぱり紙の本のほうが売れてますし。音楽はストリーミング配信で聞かれるようになったけど、ＣＤとかＬＰを買う人もまだ絶えません。好きな芸能人のイメージを香水にして売る店なんてのもありますよね。でもいざ買ってみると、もったいなくて一度も使わない人もかなりいるらしいですよ」

こちらが間の抜けた表情をしていたのか、ユジンはニヤリと笑ってからもうひと言つけ足した。

「要するに、実在する物それ自体が重要ってことです。視線を逸らしても消えることなくそこに存在する物。物性を感覚できるというのは、意外と魅力的なセールスポイントになるんですよぉ」

　オフィスに戻ると、ユジンは自分が読んだ感情の物性に関する特集記事を見せてくれた。十ページ以上にわたる誌面を割いて深層分析を行ったその記事は、それぞれの感情ラインが持つ香りや手触り、使用時間の目安、味、形、そしてライン別に異なる価格に至るまで、一つひとつの要素がどのようにユーザーを特定の感情へ導くのかを詳しく伝えていた。記事をじっくり読みながら、これはむしろ大掛かりなパフォーマンスやアートに近いのではないか、という考えに僕はようやく思い至った。実際にはなんの効き目もなく、ユーザーたちはプラセボ効果に依存しているだけだという考えは揺るがなかったけれど。

　記事はさまざまな反応を伝えていた。社会学者の論評から消費者の口コミ、芸能人のひと言コメントの寄せ集めに至るまで。感情の物性は天才化学者のいたずらだと言う者もいたし、一種の社会的実験であると主張する者もいた。エモーショナル・ソリッド社の製品で二重盲検試験を行ったところ、本当に効果があるという結果と、まったく効果なしという結果の両方が出たとして、二つの結果が並べて紹介されていた。分析装置が示す結果はいつもちぐはぐだった。

「僕は効能がないほうに賭けるよ。どうだ？」

「どうなるか楽しみですぅ」

感情の物性に実際に効果があるかどうかを巡って、僕とユジンは十万ウォンを賭けた。

また時間が流れた。テレビで紹介されるたびに人気検索ワード入りしていたエモーショナル・ソリッドへの関心も次第に薄れ始めた。そして僕はますますボヒョンとの関係に頭を抱える日々を送っていた。ボヒョンが自分の悩みをぶちまけては謝ることをくり返すにつれて、僕のほうはだんだん冷淡で無感覚になっていった。もし僕がボヒョンの立場だったら、彼女ほどには悩まなかっただろうとも思った。さっさと結婚してしまうか、自分の信念を貫くために家族と縁を切ってしまうかのどちらかを選んだだろう。そんな心の内を隠し切れなかったのか、彼女の話を聞いている僕の返事も次第にとげとげしくなった。

いっそのこと、ボヒョンに薬やらエモーショナル・ソリッド社のシアワセパッチやらが効けば助かるのに。でも、彼女はそれらの力を借りようとはしなかった。僕はボヒョンのことを心配しながらも、もどかしくなった。なんの力にもなれない自分が嫌になることもあった。ボヒョンの部屋に立ち寄って、彼女がまだユウウツ体を買っていることに気が付いたときには、エモーショナル・ソリッド社のマーケティングに怒りを感じたほどだ。ひょっとすると世の人々は、この小さな石ころに本当に慰められていると、石ころで感情をコントロールできると錯覚しているのではないか？　そうして現実の本当の解決策から目を逸らしているのではないか？　しかしエモーショナル・ソリッド社の石ころに怒りをぶつけたところで、何も変わらない。ボヒョンは苦しんでいて、僕にできることは何一つなかった。

翌月、朝の編集会議に集まった僕たちは、ポータルサイトのメインに掲げられたニュース記事を一緒に見ていた。衝撃的なヘッドラインだった。

〈食薬庁、エモーショナル・ソリッド社の製品に対し全面販売禁止・回収命令……麻薬成分検出で広がる波紋〉

感情の物性の驚くべき正体が明らかになった。それは一般的な生活用品に少量の効能物質を混合したもので、効能物質とは、向精神薬に似た新種の化合物だったのだ。再度行われた安全性の検証試験では、抽出された化合物がネズミの血液脳関門を軽々と突破し、中枢神経にじかに作用した。

「まさか本当に麻薬だったなんて」

ユジンは戸惑いを隠さずにつぶやいた。彼女は賭けに勝って僕から十万ウォンをもらったが、あまり嬉しくもないようだった。

幸いと言うべきか、中毒性と依存性は危険なレベルではないという実験結果が発表された。副作用を訴える人たちも一部にいたが、ほとんどが別の原因によるものであることが明らかになった。実際に、感情の物性に含まれる化合物は人体にさほど有害な影響を及ぼさないとする見解がすぐに主流になった。それに、純粋な薬物ではないし、濃縮されているわけでもなくうんと薄められたわずかな量なので、効果も微々たるものだった。だからこそ、出る反応も人によってまちまちだったのだろう。今でも僕は、その効能の多くはプラセボ効果か集団幻覚によるものだったはずだと考えている。

それでも、現に麻薬類として管理されるべき薬物が堂々と生活用品として売り出されていたことは、深刻な問題に違いなかった。検証実験で本当に効能がある薬物だということが明らかになった以上、このまま販売を続けるわけにはいかなかった。感情の物性の製品のほとんどは中枢神経系に作用する物質を含んでいたため、新たに臨時麻薬類の指定を受けた。感情の物性を所持したり販売したりする行為を全面的に禁止する旨の告知がすべての販売店に貼り出された。

それでもまだ、感情の物性をこっそり買い求める人たちはいた。エモーショナル・ソリッド社のオンライン・ポップアップストアは丸ごと海外のサーバーに移転した。食薬庁からの発表直後は動揺を見せていた大衆の反応も、ひと月もするとじきに落ち着きを取り戻した。中古品の取引サイトでは、原価に上乗せしたプレミアム価格で商品を売り出す書き込みが現れてはすぐに削除されることがくり返された。初めのうちこそ麻薬類という言葉が人々に抵抗を感じさせたものの、実際に感情の物性を使ったことのある人たちはこれらを危険だとは考えなかった。人々は感情の物性を脅威ではなく、必要なものとして受け入れた。

偶然にもその日、どうして僕がカフェにいたエモーショナル・ソリッド社の代表に一目で気づいたのか、それは今でもわからない。ボヒョンと電話でひとしきりけんかをしたあと、会社から少し離れた所にあるカフェに車で向かったある午後のことだった。カウンターの前でサンドイッチを選んでいたとき、窓辺に座る一人の男が目に入った。

彼は紺色のコートに、奇妙な柄のマフラーを首に巻いていた。テーブルの上に置かれた箱は、黒いマジックで商標が消されていた。でも僕にはわかった。それは感情の物性のパッケージだった。男は手慣れた様子で商品を取り出して状態を確かめると、手帳に何か書き込み、慣れた手つきでパッケージを包んで元の状態に戻した。僕はサンドイッチを買うことも忘れ、確信を持って彼に近づいた。

「あの、失礼ですが……」

彼が勢いよく顔を上げた。警戒心に満ちた表情。僕は丁重に頭を下げて挨拶をすると、某雑誌のエディターの肩書が入った名刺を差し出した。彼は安堵とも不満ともつかない曖昧な表情を浮かべた。

長い間があって、彼が口を開いた。

「何が知りたいんです？」

これまでも自分がエモーショナル・ソリッド社の代表だということに気づいた人たちがいたという。しかし製品が販売停止処分を受けてからはほとんど外出しておらず、こんなふうにカフェで突然話しかけられたのも初めてのことだったらしい。粘り強い説得の末に、彼はついにインタビューを承諾した。

「いつも電話だったから、対面インタビューは初めてですね。でもこれが最後のインタビューです。みんなわたしの話に真剣に耳を傾ける気もないくせに、シニカルな質問ばかりしますからね。きっとあなたも同じでしょう」

彼を警察に引き渡す気など僕にはなかった。ただ訊きたいことがあるだけだ。正直に言うと、本当に彼のことを記事にしたいのかすらはっきりしていなかった。まるで「ショウドウ」体でも吸い込んだかのごとく、僕は溢れ出る質問を一気にぶつけ始めた。初めのうちは、差しさわりのない質問が続いた。文具会社にすぎなかったエモーショナル・ソリッド社が、なぜあのようなアイテムを売ることになったのですか。感情の物性を最初に思いついたのは誰ですか。あなたが直接製造を手掛けたのですか。本当に効果があることを知っていましたか。

彼は一つずつ丁寧に答えた。エモーショナル・ソリッド社が駆け出しの段階で売っていた文具製品は、彼が本当に作りたいものではなかった。すべてはいわば、感情の物性を売り出すための土台づくりにすぎなかったのだ。自分はずっと前から感情の物性に関するアイデアを温めてきた、そしてその実現のために数知れない化学者たちに尋ねて回った。だがしまいには、自分で合成化学を勉強して中枢神経に特定の作用を及ぼす新種の化合物を考案し、ついにそれらを合成するメカニズムを突き止めたのだと。

僕は初めから感情の物性の効能を信じてはいなかったから、彼の言うことも話半分に聞いていた。おそらく、実際にアイデアを持っていたということと、化合物の合成を試したという話ぐらいは事実なのだろう。しかしそれ以上のことについては信じかねた。これまで目にしてきた数多くの書面インタビューにおける彼の態度からして、エモーショナル・ソリッド社の代表は自分のアイデアとその実現のプロセスを大げさに誇張して話す傾向があると思っていたからだ。彼の話にいまいち反応を示さないでいると、僕の不審に気が付いたのか、彼の顔にだんだん疲れが浮かんできた。僕はこんなくだらない質問をやめて、いよいよ核心に切り込むべきタイミングが来たことを知った。

「社長、僕は僕なりにこの現象を理解してみようとしたんです。エモーショナル・ソリッド社の商品が飛ぶように売れる現象を。ある意味、人が気分転換のために酒を飲んだり、デザートを食べたりするのと似たところがあるということはわかりました。お金で幸福を買いたがる人たちがいることも。それがたとえ本当に幸福をもたらすのではないとしても。しかし僕にとってどうしてもわからなかったのは……」

彼は斜に構えた態度で僕を見ていた。彼自身、果たして答えを持っているのだろうか？

「いったい人はどうして『ユウウツ』を買うのでしょうか？　『ゾウオ』や『フンヌ』のような感情までもが売れるのはなぜでしょう？　お金を払ってまでそんなものを欲しがる人たちがいるというのでしょうか？　そもそも、ネガティブな感情を買おうとする人がいるだろうと、どうして予想できたのです？」

無表情だった彼の顔に、ようやく別の表情が浮かんだ。彼は僕の質問にすぐには答えず、焦らすように間を置いた。少しだけ口角の上がった微笑は、何かを諦めたようにも、僕のことをあざ笑っているようにも見えた。彼は答えた。

「消費という行為を常に喜びに対する代価の支払いだと考えるのは間違っています。わたしたちは場合によっては、ある感情を享受することに対して代価を支払うことだってあるのです。例えばそうですね、一篇の映画があなたに与えるのは、いつも楽しさだけでしょうか？　恐怖、寂しさ、哀しみ、孤独、苦しみ……こうしたもののためにも、わたしたちは喜んで代価を支払うのではありませんか。つまりこれは、わたしたちが普段から日常的に行っていることなのです」

しばし返す言葉に詰まった。彼の言うことは正しいような気もする。しかしよく考えると、何かが違うのではないか。わたしたちが消費を通じて手に入れたいと思うものは、ひとえに感情そのものだろうか？　人間は意味をも追求する存在ではないのか？　意味が取り除かれた純粋な感情だけを消費することは、人間を単に物質に縛られた動物へと貶めることではないのか？　そもそも人間が意味を追求する行為さえも、究極的には、より高次元の幸せに至るための手段ではないのか？

頭のなかに次々と訊きたいことが思い浮かんできて、咄嗟にどれか一つに絞りかねた。僕が無言のままでいると、男は面白がるような目つきで僕を眺めた。彼の表情が気に入らなかったので、僕は彼を理論で言い負かしたくなった。

しかしそのときふと、少し前にいやいや観たメロドラマ映画のことが思い出された。いや、もっと正確に言うと、僕の隣の席でこの世の終わりみたいに号泣しながらハンカチで鼻をかんでいた一人の中年女性のことが。上映が終わってエンドクレジットが流れているあいだ、映画についてメモ書きをしている僕の隣で、その女性はなおも長いことすすり上げてから立ちあがった。こんな安っぽいメロドラマにそこまで感動するなんて、と思った刹那のことだった。女はバッグから映画のチラシを取り出すと、神経質そうにくしゃっと丸めてぽいと床に投げ捨てた。そして二度と振り返らずにその場を去った。僕は呆気にとられた。その女性にとって、果たして映画の内容は重要だっただろうか？　そのときのことが妙に記憶に残っていた。

意味は脈絡のなかで与えられる。けれど人は時に、意味の宿った涙ではなく、単に涙そのものを必要とするのかもしれない。

複雑な思いに駆られた僕は、結局、質問を最後まで続けられずに彼と別れてしまった。


数ヵ月が過ぎると、海外のサーバーに移転したエモーショナル・ソリッド社のホームページまでもが閉鎖された。日本で類似の商品が売り出されたという噂も耳にしたが、同一人物が作ったものなのか、ただの模造品なのかは知る由もない。

そしてその話を聞いた日、僕はボヒョンの引き出しの上に置かれた数十個もの感情の物性を目にした。すべてユウウツだった。その横には、病院で処方してもらった抗鬱剤が置かれていた。鬱に溺れて死にたいのか、それとも生き延びたいのか、僕はもうボヒョンのことがわからなくなった。

「僕には理解できないよ」

ボヒョンはジレンマに陥っていた。そして身動きが取れなくなっていた。かつて愛した人たちが、今では彼女を抑圧している。だからといって、こんなやり方で事を解決しようとするのは、なおさら理解できなかった。

ユウウツ体にどうして彼女の悲しみが解決できるというのだろう？

「もちろん、そうでしょうね。あなたはこのなかで生きたことがないから。だけどわたしはね、自分の憂鬱を手で撫でたり、手のひらにのせておくことができたらと思うの。それがひと口つまんで味わったり、ある硬さをもって触れられるようなものであってほしいの」

テーブルの上の携帯が鳴った。ボヒョンは言葉を続けた。

「どうしたって逃れられない問題というのがこの世にはあるの。それは固体よりはむしろ気体に近いわ。無定形の空気のなかで息を吸い込むたびに、まるで肺が押しつぶされるようなの。わたしは感情に操られる存在なのか？　それとも感情を支配する存在なのか？　自分が虚空に存在しているような、でもやっぱり違うような、なんだかよくわからない感じなの。そう。あなたの言うとおり、これはただのプラセボ効果か、集団幻覚なんでしょうね。わたしだってわかってるわ」

ボヒョンはユウウツ体を一度握りしめてから、テーブルに置いた。それは硬くて碧い色をした、奇妙な香りのする、すべすべした質感の、丸っこくて小さな物体だった。

「だけど、苦痛の粒子は粉々に散ってわたしの肺に忍びこむでしょうね。この幻覚が消えれば」

ユウウツ体が一つテーブルの上を転がり、コトンと床に落ちた。

「そのほうがいい結論と言えるかしら」

僕は目を逸らしてしまったので、そのときボヒョンがどんな表情をしていたのかわからない。次いで振動の音が短い悲鳴のように響いた。しばらくして、ボヒョンはくるりと振り向いて外へ出ていった。ぱたんと扉が閉まった。携帯の振動が止んだ。僕は顔を上げた。あとには虚空をいっぱいに満たした沈黙が残った。

どんな言葉でボヒョンを慰めるべきだったのだろう？　そのとき僕は、ボヒョンを慰めるためのいかなる言葉も持ち合わせていないことに気が付いた。何かかけがえのないものが胸の内からすうっと出ていってしまったあとのような、冷え冷えとした感覚が僕を捉えた。僕はそれが考えや観念ではなく、実在する感覚であることを知った。

そのときになってようやく、ほんの少しだけボヒョンを理解できたような気がした。いっときはそこに存在したが、やがてはかなく消えてしまった香水の香り。重たく澱んだ空気。扉の向こうから響いてくるすすり泣きの声。古びた壁紙の染み。テーブルのゆがんだ木目。玄関扉のひんやりした手触り。床を転がり、ほどなく止まった碧い小石。そして再び、静寂。

物性はいかにして人の心を捉えるのか。
閉じた扉を静かに見つめていた僕は、やがて視線を落とした。

館内紛失

관내분실

ユン・ジヨン 訳、カン・バンファ 監修

「館内紛失のようですね」

司書の言葉に、ジミンは眉をひそめた。紛失？

「どういうことでしょうか」

「つまり……図書館のなかでマインドが紛失したんです。検索に引っかかりませんし、搬出された記録も見当たりません」

「そんなはずありません。だって、これは間違いなくここでもらったものですから」

ジミンは手にしていたカードを裏返して、もう一度確認した。疑いの余地もなく、この図書館で発行されたカードだ。複雑な固有コードと図書館名が鮮明に刻まれている。ジミンは困惑して尋ねた。

「一時的なエラーじゃないですか」

「申し訳ありません。エラーではないと思います。わたくしどももこのような状況は初めてなのですが……」

「そんなことって」

抗議しかけたジミンは、司書の表情を見て思い留まった。

司書は困り顔で画面を見つめていた。反対側に立つジミンの目にも、画面が半透明な状態で映った。何やら解読できない文字が入り乱れて浮かんでいた。それでも画面の真ん中に浮かんだメッセージだけは、ジミンにも見分けることができた。

［キム・ウナ：2E62XNSHW3NGU8XTJ
インデックスの内訳――なし］

短い沈黙のあと、司書がまた口を開いた。

「ウナさんはこの図書館のどこかにいらっしゃるはずです。ただ、見つけることができません」

母が失踪した。

＊＊＊

と言っても、死んだあとに失踪する人はそう多くはないだろう。母の生前にだって、ジミンは母が失踪するなんて夢にも考えたことがなかった。母はいつでもすぐに見つけられる人だったから。母が死ぬ前の数年間に訪れたであろう場所は片手で数えられるほどだった。そんな母が今ごろになっていつ、どこへ消えたというのだろう。そのタイミングも居所も、今となってはわからない。ジミンが母に会いに行った日は、母がこの図書館に記録されてからすでに三年も経った時点だったから。

生まれて初めて訪れた図書館だった。丸みを帯びた屋根と小高い敷地、建物を取り囲むように造成された小ぎれいな庭園と池は、最先端技術の集約体というより、むしろ古い伝統を誇る観光名所のような趣きを醸し出していた。建物に出入りする人のなかに実際に本を手にした者は一人としていなかったが、それでも人々はここを図書館と呼んだ。

かつて図書館と呼ばれた場所は、一部は博物館になり、それに値しない所はほとんどがデジタル化された。図書館は今では、過去のそれとは違った意味合いを持っていた。ここにあるのは本でも論文でもなく、何かそれに似た資料でもない。いまや図書館には、ずらりと並んだ本棚ではなく、幾層にも連なるマインド接続機が据えられている。

　人々は追悼のために図書館を訪れる。追悼のための空間は、次第に死とはかけ離れたように見える場所へと変貌していった。都市の外郭に膨大な面積を占めていたメモリアルパークから、キャビネットに骨壺を安置した納骨堂へ、そして図書館へ。死者に手向けるための花を携えて図書館を訪れる者はいない。その代わり図書館では、マインドに供えることのできるデータを売っている。花とか食べものとか、故人が生前に好んだものを模倣したデータの片鱗を。

　死後のマインド・アップロードが一般に普及したのは、数十年前のことだ。初めのうちは、魂がデータに移植されるのだと考えられていた。肉体は死んでも、精神は永遠に生きられるのだという期待もあった。しかしやがて、移植されたデータは固有の自我と意識を持たないとの反論が相次いで持ち上がった。そこで、マインドを対象に自我の有無を確認するための実験が幾度となく行われた。長い論争の末に、マインドは単に生前の死者たちをそれらしく再現するだけであるというのが学界の支配的見解となった。いかに外部の刺激に反応しているように見えようとも、実際には単に過去の記憶に基づいて、死んだ人たちの反応をバーチャルに再現して見せているだけだということだ。

　それでも、生きている人と同じようにマインドに接する人は後を絶たなかった。

「パパはもうここにいないけど、図書館に行けばいつだってパパに会えるんだ」笑顔でそう話す子どもがドキュメンタリーに出ていた。短いプロモーション映像では、一人の女性がマインド接続機を用いて死別した夫と感動的な再会を果たす場面が流された。

学界でマインドがどのように定義されようとも、マインド図書館は人々の死生観を大きく変えた。今でも誰もが死を恐れることに変わりはないが、残された人たちが抱く喪失感は一味違ったものになった。他人の死がわたしたちに残す疑問、そう例えば、「もしあの人が今生きていたとしたら、なんと言っただろうか」「まだ生きていれば、この話を聞いて、きっと喜んでくれたはずなのに……」といった問いへの答えは、図書館で得られるようになったわけだから。

三年前に亡くなった母は、この図書館に記録された。母の死後、ジミンのもとに郵便で送られてきた数十枚のマインド・マニュアルによれば、そのはずだった。けれどジミンは、一度も図書館に足を運ぼうとしなかった。これまで亡くなった母に会いたいとも、会って何か話しかけたいとも思ったことはなかったのだ。母がこんなにも呆気なく消えてしまうと知っていたなら、手遅れになる前にここを訪れていただろうに。

図書館からの帰り道、「図書館内　紛失」、「マインド・アップロード　紛失」、「タグ失踪」など、思いつく限りのキーワードを入れて検索してみたが、似たようなケースはまるで見つからなかった。データが消去されたのかと訊けば、それは違うとの返答で、この図書館のどこかには保存されているはずだが検索には引っかからないのだという。けれど、そもそも母の名前かプロフィールのうちどれか一つでもきちんと記録されていれば、そんなことはありえないはずではないか。

今すぐにはわかりかねるので、明日改めてご連絡差し上げます、と司書は言っていた。図書館側の手違いであってくれたらと、ジミンは思った。

事のいきさつを聞いたジュノも表情を曇らせた。

「何か方法があるはずさ。焦らずゆっくり考えてみよう」

心配げな眼差しがジミンに向けられる。

「大事な時期だし、こんなことでストレスを受けるのはよくないからね」

ジミンはうなずいた。そして夕飯の支度をすると言って立ち上がったジュノの後ろを通り抜けて、バスルームに向かった。

軽くシャワーを浴びて部屋に入ると、病院からの知らせが一通、ガラス窓に浮かんでいた。妊娠初期に守るべき注意事項を伝えるリマインドメッセージだった。

妊娠八週目は極めて不安定な時期だ。ほとんどの自然流産がこの時期に起こるので、くれぐれも気を付けるようにという話を、耳にたこができるほど聞かされていた。この時期には服用できる薬もあまりないうえに、何かに驚いたりストレスを受けたりといったちょっとしたことでも、流産したり胎児の発達に深刻な影響を及ぼす恐れがあるということだった。まだ人間の形はおろか、まともな神経系すら備わっていない細胞なのに、生きた人間よりも強い存在感を宿していると言える。

子どもを授かったのは、意図したことではなかった。より正確には、意図してはいたが、切実に願ったわけではなかったと言うべきか。先に結婚した友人たちに子どもの写真を見せられても、かわいいとは思うものの、特にそれ以上の感慨はなかった。一つの生命に対して責任を全うすることは、まったく別の話だったから。ジミンは良いお母さんになれる自信も、子どものために多くを犠牲にできる自信もなかった。

そんなジミンを、ジュノは粘り強く説得した。妊娠と出産の苦しみは過去に比べてずっと軽くなっていた。何か特別な問題がない限り、痛みのほとんどない分娩法を選ぶことだってできる。

「最初だけ少し辛抱すればいい。赤ちゃんはすぐに大きくなるから」

しかし、選択を早まったのかもしれない。夫の腕に埋め込まれた避妊チップを取り外すと、すぐに後悔の気持ちが押し寄せてきた。それは、予想よりも早く子どもができてしまってからも同じだった。ジミンの妊娠を知った職場の同僚たちからは、お腹の赤ちゃんは元気かと挨拶されるようになった。そのたびにジミンは、自分は妊婦になったのだと実感した。

下着についた出血の痕に驚いて病院に駆け込んだ日、医者からは数日休みを取るように勧められた。その三日後には、ひどいつわりが始まった。ジミンは十日間の休暇を申請した。

休暇の初日、病院に行った。医者は昔ながらの作法で聴診器を当て、胎児の心音を聞かせてくれた。胎児の心臓は妊婦のそれの二倍のペースで鼓動する。それだけ生きようとする意志が強いのだろうか。医者は微笑みを浮かべて、心拍数も正常で胎児も健康だと告げた。しかし診療室を出て受付の窓口に立ったときも、ジミンの表情はこわばったままだった。

何かが間違っているのではないか。お腹のなかに胎児がいて、その心臓の音まで聞いたというのに、愛情らしきものが一向に湧いてこない。むしろ曰く言いがたい感情が込み上げてくる。ここ最近、ジミンはネットでほかの妊婦たちの書き込みをたくさん読んでいた。どれも似通った話だった。心待ちにしていた妊娠が叶ってとても幸せだ、お腹のなかの子がすでに愛おしいのだと。

ジミンは違った。胎児の写真を見て心音を聞けば、少しずつときめきや待ち遠しい気持ちが湧いてくるだろうと思ったが、そうじゃなかった。ひょっとして、ジミン自身がまっとうな愛情を注がれたことがないために、与える準備もできていないのではないか。頭のなかでは混乱が続いた。

母は死んだ。その事実が自分の人生になんらかの影響を及ぼすことはもうないだろうと思っていた。ところが、記憶の彼方に押しやったはずのもの、意識的にも無意識的にも考えることのなかった母の不在が、波が押し寄せるようにジミンを襲った。いったん自覚すると、とめどなく浮かんでくる考えを、もう止められなかった。ほかの妊婦たちが自分の母親の話をごく自然に口にしていたことも思い出された。「ここのところ、ホルモンのせいか気分の浮き沈みが激しくて、実家の母が無性に恋しくなったりするんです……」

その日、ジミンは母の「マインド」が図書館に残されていることを思い出したのだった。今更母に会うことにどんな意味があるのか、それはジミンにもわからなかった。あまり平凡とは言えない母娘関係だったから。家じゅうをひっくり返して探し出したカードを手に図書館へ向かったときも、母に会って何を話したいのかはっきりしていなかった。どうせ本物の母でもないのだし、なるようになればいい、どこかそんな思いもあった。恨みをぶつけてみようか。どうしてあんな選択をしたのかを訊くだけ訊いてみようか。

今となっては、すべて無意味になってしまった。訊きたいことを整理するよりも前に、母の紛失を告げられたのだから。

感動的な再会を思い描いていたわけではない。ただそこにいることを確かめたかっただけかもしれない。そのためだろうか。ジミンはいっそう空(むな)しい感情に囚われた。

図書館からはまだ連絡がなかった。考えあぐねた末にジミンは、端末機を手に取って電話をかけた。

「ソン・ジミンさん？」

「それはわたしの名前で、探しているのはキム・ウナです。昨日そちらに伺ったら検索しても見つからなくて、確認してから連絡をくださるとのことでしたので」

「少々お待ちください」

隣の席の人と何か話し合う声、続いてキーボードを打つ音が聞こえてきた。ジミンは根気よく待った。端末機を握りしめて固く口を閉ざしているジミンに気が付いたジュノが首をかしげながら部屋に入って来たころ、ようやく受話器の向こうから声が響いてきた。

「申し訳ございません。もう一度、図書館までお越し頂けますでしょうか？　少し込み入った事情がありまして」

図書館に到着して連絡を受けて来たことを告げると、電話で話した司書が席を立って誰かを呼んできた。痩せ型で疲労のにじんだ顔の男。自分をこの図書館のデータベースの管理者だと名乗る彼に連れられて、ジミンとジュノは奥にある小さな部屋に入った。訪問者を応接するためのスペースだった。ソファが二つとテーブルが据えられ、数種類のお茶菓子が準備されていた。

「まずはこちらへおかけください。ちょっと長い話になりますので」

男は困った顔をしている。

「厳密に言って、わたくしどもの手違いですとか、データ管理に何か手落ちがあったわけではありません。ただ、このようなことは滅多にございませんので、先日は担当の者が詳しくご説明申し上げられなかったようです」

男とジミンの視線がぶつかった。この状況をどのようにして納得させるべきかを思案しているような顔。彼は冷静に言葉を選びながら言った。

「結論から申し上げますと、誰かが意図的に、あなたのお母さまを検索データベースから切り離したんです。インデックスを消去したということですね。データそのものが削除されたわけではありません。データが消滅したり、館外へ移管された場合には、必ずその記録が残るようになっています。しかし、消滅リストのなかにお探しのデータは見当たりませんでした」

誰かが意図的に切り離した？

「お母さまはこの図書館のデータベースのどこかにいらっしゃるはずです。司書が申し上げた『館内紛失』とはそういった意味です。しかし率直に申し上げて、お母さまを探し出す方法は今のところはございません。キム・ウナさんのマインドへのアクセス権限を持つ方のうち、どなたかがウナさんの検索を可能にするあらゆる種類のインデックスを消し去ったものと思われます。ジミンさんがなさったのでなければ、ご家族のうちのどなたかでしょう。いずれにしても、それはわたしたちの権限を越えたことです」

話がややこしくなってきた。ジミンが尋ねた。

「インデックスを消したというのは、どういう意味でしょうか？　データベースにあるものがどうして見つからないんですか？　データを検索すれば出てくるはずですよね」

「だから説明が必要だと申し上げたんです。おそらくおふた方も聞いたことがおありかと思いますが……」

男はテーブルの上の水をひと口飲んだ。

「わたくしどもの図書館では、故人の記憶と行動パターンをマインド・アップロードによって保存しています。これは単にテキストやイメージ、動画といった簡単に分析できるデータとは異なります。マインドは一人の人間の生涯にわたる情報の集合体で、莫大な量と奥行きを持っています。何十兆もの脳内シナプスの結合パターンをスキャンしてから、マインドをシミュレートして再現された成果物なのです」

男はタブレットを手に取ると、図書館のPR動画の一部を見せてくれた。ジミンはさして熱心に見るでもなく、男の話を聞いていた。

「マインドのデータを直接検索することは非常に困難です。記憶というものは言語化されえないかたちで保存されているからです。シナプスのパターンそのものを解読する技術は、まだ完全ではありません。ですから、わたくしどもはマインドごとに一種のインデックスを紐づけることでマインドを分類しています。もしも旧式の図書館に行かれたことがおありなら、書誌の分類法に基づいた小さなラベルによって本が分類されているのをご覧になられたことでしょう。紙の本にしても、単純にテキストを検索にかけて探すにはそこに含まれる情報があまりに膨大ですので、タイトル、著者名、内容を要約するキーワードなどによって本を検索できるようにしてあるのです」

ジミンは旧(ふる)いタイプの図書館には行ったことがなかった。しかし、幼いころに誰かが図書館で借りてきた本を見た記憶はある。背表紙の下のほうに色とりどりのラベルが貼られていた。

「マインド図書館も同じです。それぞれのマインドには識別のためのインデックスが紐づけられています。よく使われるのは、任意のアルファベットと数字の組み合わせからなる固有の識別コードですね。そして万が一このコードを見つけられない場合に備えて、故人のお名前と生前のご住所、そしてご遺族の同意があれば追加で、親族の方々の身元がわかる番号を登録します。通常ならこの程度でも、何かのエラーや手違いによってデータが見つからなくなる可能性はまずありません。しかしジミンさんのお母さまの場合は……」

「そのインデックスが全部消されていて、探し出せないということですか？」

「そうです。少なくとも現在確認できる情報、つまりジミンさんのお手持ちのカードですとか、個人番号から照会できるマインドはありません。唯一望みがあるとすれば、データ自体が消えたわけではありませんので……とにかく、まったく望みがないわけではありませんが、まずはアクセスの権限を持つほかのご家族の方々に状況をお確かめになられたほうがいいかと思います」

「アクセス権限が盗用された可能性というのは？」

「マインドに接続したり情報を修正する際には、何段階もの生体認証を経なくてはなりません。盗用の可能性は限りなく低いですね」

ジミンに残された家族はたった二人だった。七年前にこちらから連絡を絶った父と、ごくたまに電話で話すだけの弟。どっちだろうか？

「しかし、いったいどうしてこんなことが許されるんですか？　インデックスを消すなんて」

ジュノが呆れたような顔で尋ねた。ジミンも同感だった。

「ご遺族の方には、マインドへのアクセス権限に関する設定を自由に変更できる権限が与えられています。マインドを消滅させることだってできるわけですからね。すべては最初に、マインドをアップロードする際にご案内したとおりです」

「でも、こんなの消滅とどこが違うんですか？　接続できなければ意味がないじゃないですか。こんな重大なことをほかの遺族の同意もなしに進めるなんて、そんなおかしな話ってありますか？」

ジミンは詰め寄ったが、納得できない答えが返ってきただけだった。

「申し訳ございません。でも消滅と違うことは確かです。接続はできませんが、マインドそのものはこのデータベースのどこかにあるわけですから。生きている人間の死亡と失踪が同じではないのと同様です。マインドは単純なデータではないんです」

そう言われても、ジミンからすれば母に会えなくなったわけだから、消滅となんら変わりはない。しかし、どうしてまたこんなふうに母のマインドに細工をしたのだろう。父と弟のどちらなのか、だいたいの目星はついていたが、ここまでのことをする理由についてはまったく思い当たる節がなかった。

男がまた口を開いた。

「ご遺族のあいだで合意がなされていなかったようですね。このような状況は想定しておりませんでした。マインドを消滅させる際には通常、合意があったかどうかを確認する手順を踏みますが、インデックスの一部だけを変更したりすることは案外珍しくありませんので、そうした手順が……」

このまま引き下がるわけにはいかない。続けて抗議しかけたとき、隣で慌ただしくどこかに連絡を取っていたスタッフがふいに男に何かを見せた。タブレットに映し出された資料は、こちらからはよく見えなかった。

向かい側の二人が何か囁き合うのを見守っていたジミンは、ふと胸に込み上げてくるものを感じた。そして自責の念に駆られた。母はいつ消えたのだろう？　母の死後すぐに図書館を訪れていたら、母に会えただろうか？

目の前でひそひそと話し合っていた男とスタッフの声が少しばかり大きくなった。

「まだテスト段階だし、それは不可能じゃないか？」

ジミンとジュノが怪訝な顔をして待っているあいだ、向かいの席では何やら小難しい技術についての話が行き交った。

「その過程でダメージを受ける可能性だってあるからな。そうだな。まずは許可を要請してみるか」

男が二人に向き直った。その表情には変化があった。

「一つ、方法があるかもしれません」

＊＊＊

「いったい何のためにおふくろを探すっての？　関心もなかったくせに」

カフェで待ち合わせた弟は、ジミンに会うなりつっけんどんに言った。

図書館のスタッフは解決方法について検討したうえで、数日中に連絡をくれると言っていた。その夜、ジミンはすぐに弟のユミンに電話をかけた。何も知らないと答える弟に、直接会って話したいと言った。

久しぶりに顔を合わせた弟は、母の行方にはさほど関心を見せなかった。

これまで一度も母のマインドを訪ねなかったのは、弟も同じだったらしい。ユミンはジミンよりも早く母に見切りをつけたのだった。母への感情がどんなものであれ、それはすでにだいぶ薄れてしまっているのだろう。ユミンは母の失踪よりも、今ごろになってジミンが母に会いたがる理由のほうが気になるようだった。

「どうせ本物の人間でもないんだろう。お墓とか遺灰みたいに実際に何かが残ってるわけでもないし。あんなの、ただの動画みたいなもんだよ。そりゃあ反応が返ってくるぶん、少しは感じ方も違うかもしれないけどさ。鳴り物入りで宣伝してるみたいだけど、俺はあんなの、ただの誇大広告だと思うな」

紛失事件さえなければ、ジミンだって弟の言うことに同意していたかもしれない。でもこれは、単に動画ファイルを失くしたのとはわけが違う。

「それでも、わたしはやだな。昔で言えば、お棺を見つけられないように無断で動かしたようなものでしょ」

「そう言われると、ちょっと不気味だね。確かに、本物の人間みたいにあれと向き合う人たちもいるみたいだしな。俺は気味悪いから近寄りたくもないけど」

「図書館のスタッフも、単純なデータのようには考えてないみたいだったわよ」

「そっか。実際に会ってみれば考え方も変わるかもしれないな。だけど、おふくろを探すなんて、なんでまた急に？」

ユミンの視線がジミンに向けられた。

「特別な理由がなきゃいけないの？」

「そんなことないけど。でも、姉貴はおふくろのこと嫌いだったじゃん」

言葉に詰まったジミンを無言で見つめていたユミンが、かぶりを振りながら視線を逸らした。

母娘関係はよく、愛憎相半ばする間柄と言われる。娘を愛しながらもそこに自身の姿を投影する母と、母の人生を重ね合わされることを拒む娘。「いい子」コンプレックスに苦しむ娘と、娘への愛情を間違ったかたちで表現する母。女性としての生を共有しながらも、まったく異なる世代を生きる母娘のあいだには、ほかの関係には見られない微妙な感情が潜む。たいていはそうだ。ジミンもかつて、母と自分のあいだに、そうした愛着と複雑にもつれた感情があるのかもしれないと思ったことがあった。

でもそうした時期は早々に終わりを迎えた。それがいつごろだったのか、正確にはわからない。

母はジミンを産んだあと、重度の鬱病を患った。出産の直後に産後鬱病を経験する女性は珍しくない。育児の段階で、より深刻な鬱病になることもある。でもたいていの場合、それは一時的な症状で終わる。子どもが育つにつれてだんだん手がかからないようになると自然に、もしくは薬の処方とカウンセリングの力を借りて回復する。しかし母は元のようには戻れなかった。父は母を放ったらかしにした。もともと神経質な性格だったのだと軽くあしらった。母の病は徐々に悪化した。ジミンとの関係が修復不可能なまでに壊れてしまったのは、いつからだろう。ジミンは母の執着がわずらわしかったし、自分を所有物のようにコントロールしようとする母にうんざりしていた。母の病が原因だったのか、それともすれ違ってしまった二人の関係が母をさらに弱くしたのか、どちらが先だったのかは定かでない。いずれにしても、ウナとジミンがあるときから互いのことを諦めたことだけは確かだった。

母がおかしくなった原因が産後鬱病だったことから、自分にある種の原罪があるのではないかと思い詰めたこともあった。わたしを産んでいなければ、母は自分なりの人生を生き抜いていたのではないかという罪悪感と、娘である自分がこんな扱いを受けるいわれはないという考えが、ジミンのなかでぶつかり合った。

「嫌いだったわ。だけど、今更恨んだってなんにもならないしね」

ジミンは確信のない口調で言った。

二人のあいだに沈黙が流れた。ジミンは氷がすっかり溶けて水っぽくなった紅茶を飲みながら、生前の母のことを思い浮かべた。ユミンの言うとおりだった。母に関する良い記憶はほとんど残っていない。たいていは、ぼんやり物思いにふける母の後ろ姿の記憶。

それでも、いくつかの記憶はひときわ鮮明によみがえる。あの日、ドアを開けたときにまず目に入ったのは、倒れたサイドテーブルだった。ベッドの上に倒れかかったスタンドライトと、辺りに散らばった錠剤。また何かあったのだろうか。ジミンを見て母が叫んだ。

「ジミン。あんたもお父さんみたいにわたしを無視するつもり？　どうして電話に出ないの？」

どう答えれば母を落ち着かせることができるのかわからなかった。ただ友だちといて帰りが遅くなっただけなのに。夜の九時を少し回った時刻だった。でもそのとおりに話したところで、神経質な非難が返ってくるだけだろう。自分に非があるとしたら、ただ一つ、母の電話に出なかったことだけだ。ジミンとしては仕方のないことだった。電話に出ていれば母は怒鳴ったはずだし、ジミンはまたもや息が詰まるような思いがしただろう。

「まったく、遺伝子ってどうにもならないのね。こっちがこんなに必死で母親らしくしようと努めてるのに、あんたたちといったら、やることなすことお父さんとそっくり……」

ジミンはすべてを投げ出したい気持ちを抑えて言った。

「お母さん、なんでそんなに家にしがみつくの？　お願いだから、もう入院しちゃいなよ。入院しないって言い張ったのはお母さんのほうでしょう。これのどこが母親らしい姿なのよ」

小刻みに揺れていた母の視線がジミンのほうへ向けられた。

「お母さんが作ってくれるご飯とか、洗濯とか皿洗いとか、そんなの要らないよ。それはいいから、離れていたい。もう頼むから」

当てこするようにそう言うと、母の表情が変わった。母がそうして傷ついた顔をするたびに、ジミンは痛みのような悲しみを感じた。

母はいつでも被害者面をした。それだったら、わたしたちに向かって怒鳴らなければいいのに。お父さんに呪わしい言葉を吐かなければいいのに。わたしたちがほんの一時間電話に出ないだけで悲鳴を上げるのはもうやめて、いっそのこと別々に暮らせばいいのに。調子の良いときは愛していると言い、次の瞬間にはあんたのせいでわたしの人生はめちゃくちゃだと言わなければいいのに。お互いが存在しないかのように、さっさと互いを見限って生きていたら、もっと楽だったろうに。何がどこから狂ってしまったのかすらわからなかった。

母はまだ泣き続けていた。

「どうしてわかってくれないの。こんなにもあんたのために……」

「お母さんにはわたしのほかに何もないの？　わたしには耐えられない。こんなことするくらいなら、母親ぶるのはもうやめにしたら？」

母の顔と向き合うと、自分のほうがくずおれてしまいそうだった。母と自分のあいだに残っていたわずかな絆すら断ち切ってしまいたい衝動に駆られた。

それがジミンの記憶する限り、母との最後の会話となった。それからしばらくして母はとうとう入院した。ジミンは大学を中退して海外へ出た。

みるみる陰っていくジミンの表情に気づき、ユミンが指でトントンとテーブルを叩いて視線を導いた。

「姉貴も変わってるよな。俺ならさっさと忘れちまうけど」

ジミンは最後の瞬間を思い出していた。母の寂しげな表情が記憶のなかでくり返しよみがえった。同時に、お腹の中で心臓を脈打たせている子どものことを思った。まだ愛おしさを感じないけれど、いつかは愛さなければならない一人の子を。母は本当にわたしを愛していたのだろうか。あれは愛だったのだろうか。愛せない関係を愛せると信じたがゆえに、母とわたしはいっそう不幸になったのではないか。そうだとしたら、今ごろ母のマインドに会って話をすることも無意味な行動なのかもしれない。

けれど、一つ問題があった。母の紛失が、思ったよりもはるかに強くジミンを困惑させていることだった。

＊＊＊

部長はジミンを呼んで職務分担が決まったことを告げた。新しいプロジェクトを任されると思っていたが、意外にもジミンの担当はほとんど変わらなかった。ジミンが進めてきたプロジェクトは、もう完成間際にあった。あとは進捗状況を定期的に報告すればいいだけ。部長はジミンがもうすぐ出産と育児休暇を取ることを念頭に置いていて、当分のあいだは新しい仕事は任せないつもりでいるようだった。

「赤ちゃんが生まれると、どうしても家庭に集中せざるをえないでしょ。そういう事情も考慮したの。ジミンさんが人一倍仕事熱心なのは知ってるけど、それでもわたしは、子どもは母親の手で育てられるのがその子の情緒にとって一番いいと思うの。そう思わない？」

ジミンが担当すべき業務を説明しながら、ジミンより十歳ほど上の部長が照れたように笑った。自分なりの配慮だと思っているらしかった。ジミンは黙って従うことにした。休暇中に溜まっていた業務の片付けでせわしい一日を送った。帰宅前に明日やるべき作業をチェックしていると、モニター画面の片隅にテレビ通話のメッセージが浮かんだ。仕事関係ではないようだ。

ジミンはちらっと辺りを見回してから、ヘッドホンを付けて電話に出た。図書館からだった。

「ソン・ジミンさんでいらっしゃいますね？」

男はマインド図書館の研究企画チームで働いている研究員だと名乗った。そして本論に入った。

「このあいだお話ししました方法についてですが、わたくしどもが新しく開発中のマインド検索技術をジミンさんのケースで試してみようかと考えています。お差し支えなければですが」

続く説明を待ってジミンが目をしばたたいていると、男は何度か咳ばらいをしてから長々と説明を始めた。

ジミンも聞いて知っているとおり、マインドは単純なデータの束などではない。いろいろな問題が複合的に絡み合っているため、マインド・アップロードは死後にのみ可能なものと制限されている。なかでも最も決定的な問題は、脳内のシナプスパターンがどのようにして自我を構築するのかが、いまだ完全に解明されていないことだった。今のところ、マインド・アップロードはシナプスパターンを高解像度でスキャンし、そのパターンをシミュレーションでそっくりに再現する方法を採っている。スキャンする過程で脳が損傷を受けるため、アップロードの対象は死亡宣告を受けたか脳死状態にある人、これ以上生存の見込みがないと判定された患者だけに限られていた。

科学者たちは、マインド・シミュレーションの具現化には成功したものの、その内部にある個別のデータを読み込むまでには至っていなかった。一般的なデータとは異なり、実際のニューロン細胞は近接するすべてのニューロンと相互に繋がりうるため、理論的に言えば人間の脳で可能な結合の数は数十兆を超える。マインド・アップロードというものすごい技術がいまだ納骨堂の代替物ぐらいにしか使われていないのも、あまたのシナプスパターンが正確に何を意味するのか把握できていないからだ。学者たちはシナプスパターンのなかでも、特に物事を考えたり記憶したり外部に対して反応したりといった、自我の成り立ちに関わるものを総じて「思考言語」と呼んだ。思考言語に関する研究はまだまだこれからだった。

研究員の男は画面にグラフや図表を映し出しながら、マインド技術の原理について説明を続けた。これまでのマインド検索技術が個別に与えられたインデックスだけに頼っているのも、そうした理由からだという。例えば、人間が簡単にデータ化できる文字や文章、絵画、映像、音楽といった形態のメディアは検索が容易である。同じ形態の入力シグナルを入れてやれば済むからだ。しかしマインドのデータを直接検索するためには、マインドが保存された形式そのもの、つまりはシナプスパターンを検索しなければならない。そのうえ、仮にどのようなシナプスパターンを検索するかを定められたとしても、わずかなヒントだけをもって広大なマインドの海のなかから特定の人物を捜し当てるのは不可能に近い。

「今回試そうとしているのは、これとは違ったアプローチになります。保存されたマインドを基に、標準型の人工脳シミュレーションを開発したんです。この人工脳に外部からの刺激を記録すれば、シナプスパターンを形成することができます」

新しく開発されたシミュレーションを用いれば、特定の状況や物をマインド・アップロードと同じ方式でデータ化することができる。そうして作られたデータは、ニューロン細胞が相互作用するシナプスパターンを模倣する。新しい検索技術は、まさにそのパターン自体を入力シグナルとして利用するという話だった。するとそのパターンを入力したとき、最も強い相互作用を見せるマインドが整列されるのだという。

「ですが、標準型シミュレーションというのはすべての個人にぴったり合うわけではありませんので、限界もあります。入力シグナルと対象となるマインドのあいだに極めて有意な関係がなければならない。個人の固有性を特定できそうな物や状況であるほど見つけやすくなりますからね。ですから検索のためには、故人と繋がりの深いもの、たくさんの記憶を刺激できるものが必要です」

「と言いますと、具体的にはどんなものが必要なんですか?」

「テスト段階では、遺品をよく使っていました。でも特別な意味を持たない遺品だと、うまくいく可能性はかなり低いですね。写真の場合も、その場面自体が強烈な記憶として残っていることはまれですので……。類似の物があればいくつか連続でスキャンすることで確率を上げることはできますが、そもそも故人との関連性が低いものだと、やはり成功は保証できません。わたくしどももまだ内部でのテスト段階にありますので、これ以上はっきりしたことは申し上げられません。実のところ、故人を最もよく知るソン・ジミンさんに頼るほかないんです。人の人生はそれぞれ固有かつ個別のものですので、記憶と最も強い相互作用を見せる物もそれぞれ異なるからです」

そして男は、特定のテキストやイメージのようにすぐにデータ化できるものよりも、何か実体を持った遺品を持ってきてほしいと言った。視覚や触覚、嗅覚といった感覚的な記憶もまた、結合のうえでは重要な要素となるからだという。

記憶がたくさん絡んでいれば、それだけ検索に成功する可能性も大きくなるという話だった。しかし、みんなが大量生産された物を使う時代に、一人の人間をその人たらしめる物なんてあるだろうか？　男は、テストで成功した物のリストを例に挙げてみせた。手作りの物とか、故人が特別な思いを抱いていた物がほとんどだった。つい最近だと、生前にレザークラフトが趣味だった人の作品をスキャンしたパターンで検索に成功したという。

ほかには、配偶者からのプレゼントで生涯大事にしていた時計だとか、心を込めてやりとりした手書きの手紙など。職業を持っていた人なら、仕事で残した成果なども入力信号として試してみる価値はあるということだった。

研究員の説明を聞いてジミンはうなずいた。母とは決して仲の良いほうではなかったが、何か一つぐらいはそうしたものを見つけられるだろうと思った。

その日、帰宅してすぐに母の遺品の入った箱を引っぱり出した。母の死後にヒョヌクから送られてきたものだった。いろいろなものが放り込まれていることだけは知っていたが、中身をちゃんと確認したことはない。まさかこんなことがきっかけで開けてみることになろうとは。

かつての葬式文化や納骨堂に代わってマインドのアップロードが行われるようになると、骨壺の隣に遺品を供える習わしもなくなった。遺族にとって特別な意味があるものを除いて、遺品はすべて破棄される。それなのにこうして箱いっぱいの遺品が残っているのは、ヒョヌクがなかなかの物をろくに見もしなかったからだろう。

箱の中身は母が着ていた衣類がほとんどだった。コートや帽子、ニットのセーターを前にすると、母が亡くなったのが冬だったことが思い出された。そのときジミンは南半球にいた。蒸すような暑さのなかで手短な訃報のメールを受け取ったときには、これで母に対するいかなる恨みも恋しさもことごとく消えてなくなったのだと思った。複雑な気持ちだった。

　洋服や時計、古いアクセサリーなどを取り出しながら、ジミンは何か特別な意味を持つものを一つぐらいは見つけられるだろうと楽観していた。しかし、箱の底が見えるころになっても、母を特定できそうな物は出てこなかった。

　ジミンは記憶を手繰り寄せて、母が時々本を読んでいたことを思い出した。ほとんどは電子書籍だったから、遺品としては意味を持たない。それに、同じ本を読んだ人は一人や二人ではないはずだ。お母さんはほかに何に興味があったっけ？　思い浮かぶものはなかった。幼いジミンにとって母は単に母でしかなかったし、少し大きくなって母を一人の人間として認識し始めたころには、母はすでに底なしの無気力に囚われていた。

　わたしとユミンを産む前はどうだったのだろう？　ジミンの記憶のなかで母はいつでも母でしかなく、母が「キム・ウナ」と呼ばれていたころについては深く考えたことがなかった。

　ジミンの記憶する母はいつも家にいた。これといった趣味もなかったので、母の残したものは最低限の生活に必要な物だけだった。

　母がジミンのために特別に遺した物もない。ジミンがとても小さかったころに着ていたベビー服が二着と、スタジオで撮られたものらしいぎこちない笑顔の家族写真が一枚あるのみで、それすらも放置されて残っていただけだった。

母はまるで存在しない人のようだった。取るに足らない人生を生き、最小限の痕跡だけを残して消えていった、もういない人。

それでも念のため、ジミンはもう少し何か残っていないかと探してみた。何度か住まいを移りながらも手放さなかった箱が一つあった。なかに入っているのは、ほとんどジミンが使っていたものだった。すぐにでも家を飛び出したかった高校時代、授業中にこっそり友だちとやりとりした回し手紙までまだ残っていた。あの時代には、まれにではあるがまだ授業で紙が使われていたのだ。写真や映像をバックアップしておいたドライブの中身も、年度別に整列させて確認してみた。それでもジミンが探しているような記録は出てこなかった。家を出てからは母に一度も会わなかったから確認してみるまでもなかったし、小さいころの写真や映像はあまり残っていなかった。管理を心がけていなければ簡単に消失してしまうのがデジタル資料の特性だ。あのころは記録に残したいと思うほど幸せじゃなかったということもある。

でもいくらなんでも、ここまでとは……。ジミンが二十歳になるまでには長い時間があったはずなのに、どうして母の痕跡は一つもまともに残っていないのだろう。母の遺品箱にも、ジミンの持ち物のなかにも、母を特定できるようなものはただの一つもなかった。

母は世界から切り離されていた。インデックスが削除される前からすでに。

数千枚もの写真をめくり、小さいころに綴った日記帳のファイルや手紙を読みあさり、数少ない動画を再生してみても、母への言及はほとんど見当たらなかった。ジミンが一人で撮った写真にちらりと写り込んだ姿、団欒を装った家族写真、映像に入った声。それがすべてだった。日記ですら、ごく短い恨み言があるだけだった。

「ユミン、お母さんの遺品、何か持ってない？」

画面の向こうのユミンから返事が返ってきた。

「そんなものあるわけないじゃん」

ユミンは苦笑した。ジミンよりも幼い年で家を出たのだから、それも当然かもしれない。

それでも画面の前のジミンが顔をこわばらせたままでいると、ユミンが口を開いた。

「一度、探してみるよ」

「あのね、ユミン」

「何？」

「お母さんが、全然見当たらないの」

ユミンはいささか面食らった様子だった。苦笑いしながら、言った。

「そりゃあね、あんまり仲の良い家族じゃなかったし」

「だけど、お母さんとわたしたち、二十年も一緒に住んでたのよ。それなのに、一つも痕跡がないなんて」

「それがどうかしたの？　今更なんだよ」

そして無神経な口調でつけ足した。

「ソン・ヒョヌクに連絡してみたらどう？　少しでも良心が痛むなら、何か一つくらいは持ってるだろ」

ビデオ通話を終えたジミンは、ぐったりしてソファに座り込んだ。今更母に同情するつもりはなかった。ただ知りたいと思った。どうして母はあんなふうに孤立する道を選んだのか。彼女はなぜ、娘に対する執着まがいの愛着のほかには何も持てなかったのか。何が母をそこまで追い込んだのか。そうしてこの世になんら有意味な痕跡を残せなくなってしまったこの状況は、本当に避けられないものだったのかを。

母は今、誰も訪ねてこない図書館のどこかで何を思っているのだろう。もともとそれが自分のいるべき場所なのだと考えているのだろうか。

ジミンはテレビを点けて、くるくるチャンネルを変えた。途切れ途切れの声がまちまちに何かを語っては虚空へと消えていった。

ふとジミンの視線が釘付けになった。あるチャンネルで、マインド・アップロードについて話していた。ジミンはチャンネルを変える手を止めた。

「人間の魂はどんな物質で構成されているのでしょうか？　それはマインド図書館が登場して以来、司書たちが最も多く受けた質問の一つと言われます」

女性司会者を囲んで四人の男性パネリストたちが、マインドと魂というテーマで討論を交わしているところだった。パネリストの一人が、脳内で起きるすべてのことは電気信号と化学信号の連続として解釈できるとし、マインドを構築することに成功したのは脳内の多様な化学信号、つまりはペプチドと神経伝達物質の影響を電気信号としてデータ化できたからだと説明した。女性が言った。

「しかし、最近の研究はそうした見方に否定的です。スキャンされたシナプスパターンがそれ以上可塑(かそ)的に変形しないことが観察されてからは、マインドは魂ではないとの見方へと変わってきています。人間の自我は絶えず変化します。成長し、学び、反応し、老化しながら個人のアイデンティティは構成されるのです。だとすれば、変形しないマインドは魂そのものではなく、死んだ時点で固定されてしまった、いわば剝製(はくせい)にされた魂に近いものなのではないでしょうか？」

パネリストたちは現在科学者たちが取り組んでいるさまざまな研究のテーマを提示して

見せながら、将来的にマインドの完璧な理解に成功する可能性に注目していた。われわれが思考言語について完全な理解に達し、シナプスパターンに変形が生じるよう刺激を与えることができるようになれば、図書館内に保存されたマインドたちはそれぞれの魂と自我を持つことになるのだろうか？　彼らは身体を失っていようとも、そのなかで生き続け、息づくことになるのだろうか？　見たり、聞いたり、匂いを嗅いだり、与えられる刺激を感じることができるとしたら、彼らを図書館の外の人間たちと異なる存在だと言えるだろうか？

討論は似通った質問をぶつけ合い、大きな盛り上がりもなく終わってしまった。質問に対する答えはまだわからないが、思考言語を巡る学者たちの研究は今も活発に行われているのだという曖昧なクロージング・コメントが続いた。

ジミンはまた母のことを思い浮かべた。母がマインド・アップロードに同意したことすら、信じがたい気がした。ジミンの記憶している母なら、マインドすら残さずに完全に消えてしまうことを選んだはずだ。たとえそれが、剝製にされた魂にすぎないとしても。

それに、マインドに関するユミンの意見にもおおよそ同感だった。いくら生前の姿をうまく模倣していても、やはり自我を持った本物の魂としてマインドに接することにはどこか抵抗があった。

しかし、切り離されたインデックスと生前の母について考えれば考えるほど、頭はこんがらがるばかりだった。

討論番組の画面はフェードアウトして暗転し、最後にナレーターの声だけが残った。

「しかし、一つ確実なことがあります。マインドたちは、わたしたちが生前に結んだ関係性や共有したもの、ほかの人の脳内やこの世界に刻んだ痕跡を、自分なりの方式で記憶しているということです。マインドと自我の関係にまつわる疑問が永遠に謎のまま残るとしても、わたしたちはマインドを通じて彼らの生きた道をより深く理解することができるでしょう」

ジミンは立ち上がった。

繋がりを絶たれても、データはどこかで生きているのだろうか。断絶した生を、なおも生と呼べるのだろうか。そんな問いが頭を離れなかった。

＊＊＊

ジミンはヒョヌクの家を訪ねてみることにした。

ヒョヌクからの最後の連絡は、母の訃報だった。ヒョヌクに関する記憶は、母の記憶よりもさらに少ない。彼はいつも仕事で忙しかった。そして母の症状が悪化してからは、母をケアするよりも家に帰らないことを選んだ。ジミンはある時期から自分には父親はいないものと思うことにした。家の前に着くまでに、何度も途中で引き返すべきか迷った。玄関のベルを鳴らすと、緊張でひどく喉が渇いた。

しばらくしてドアが開いた。ジミンの記憶よりも年老いた、目尻に深いしわの刻まれた男がジミンを見た。韓国を飛び出して以来、彼に会うのは初めてだった。

家のなかは狭くてうす暗かった。ヒョヌクはジミンをリビングに迎え入れた。ソファに腰かけたジミンにヒョヌクが訊いた。

「今ごろになって、何をどうしようというんだ」

ジミンは答えなかった。ヒョヌクは黙ってじっとジミンを見ていたが、しばらくしてキッチンに入り、ティーバッグでいれたお茶を一杯出してきた。マグカップから湯気が立ちのぼらなくなるまで、そして喉にひりつくような渇きを覚えたジミンがお茶をひと口飲んでカップを置くまで、二人のあいだには沈黙だけが流れた。ついにジミンが先に口を開いた。

「図書館に行ってみたら、お母さんのインデックスが消されていました。あなたですよね？」

「そうだ」

ジミンは唇を噛んだ。

「母さんの頼みだった」

ヒョヌクが言った。ジミンは何か言いかけて、口をつぐんだ。

「はじめはマインドを残すこと自体、強く拒んでいた」

ヒョヌクは淡々と続けた。

「どうせ意識が残るわけではないんだと、俺が説得したんだ。母さんはマインドを残すことと引き換えに、この世から忘れられることを条件とした。それが最後の頼みだったから、そのとおりにしてあげたまでだ」

ヒョヌクが妻のことを子どもたちの母親ではなく、一人の人間として見たことはあったのだろうか。あったとしても、それはずっと昔のことだろう。

「お母さんに会ってみるつもりです」

ジミンは懸命に感情を抑えながら、母を検索するためにはヒョヌクの助けが必要だと話した。

「何のために？」

ヒョヌクが訊いた。ジミンは一瞬言葉に詰まった。最初はほとんど衝動に近かった。でも母が紛失したと知ってからは、何かが変わった。短い沈黙のあと、ジミンは沈んだ声で言った。

「まだお母さんについて知らないことがたくさんあるから」

母は良い母ではなかった。それでも、こんなふうにもともといなかったかのように消えてしまってはいけないと、ジミンは思った。

ヒョヌクはジミンを屋根裏部屋へ連れて行った。そこに母の遺品を保管してあるという。母の痕跡はすべて消し去られたかもしれないという予想に反して、そこにはたくさんの物が残っていた。しかし、そのほとんどは母の遺品と呼ぶには微妙なものだった。ユミンとジミンの子どものころのアルバム、おもちゃと衣服、教科書、古い育児日記があった。ジミンは育児日記のページをぱらぱらとめくってみた。出産直後にはまだ産後鬱病はなかったのか、一ヵ月程度のものだが、まめに記されてあった。母はいっときは「良い母親」だったのかもしれない。

でも結局、そこにある物はどれも、キム・ウナ本人ではなく他の人に関するものだった。苦々しい思いだった。ヒョヌクのほうを振り返ると、彼は無表情で立ち尽くしてジミンを見ていた。

「ほかには何かありませんか？」

ヒョヌクが反対側の壁にある本棚を指さした。

そこには、数十冊もの紙の本があった。ほとんどは料理と育児に関する実用書だった。今ではすべて三次元の電子書籍に取って代わったが、母が若かったころにはまだ紙の本も出版されていた。ヒョヌクが母の本をまだ捨てていなかったとは、意外だった。

しかし、ゆっくり本棚を見回していたジミンは、内心がっかりしてしまった。こんな本でマインドを見つけることは不可能だろう。いくら紙の本が珍しかったとはいえ、どうせ母にとっては何度か読んだだけの本にすぎないはずだし、特別な記憶が絡んでいるとも思えない。

やはり手掛かりになりそうなものは見当たらなかった。わずかではあっても母の残した育児日記を持って行ったほうがいいだろうか。ほかのものよりは、まだ可能性があるかもしれない。

視線を逸らしかけたジミンの目に、ふと何かが留まった。

本棚に並ぶ実用書のあいだに交じっている四冊ほどの本。タイトルからして、小説のようだった。ほかの本に比べて保管状態も良いようだ。しかし単純に、買うだけ買って読まなかったからきれいなだけかもしれない。ジミンの知っている母は、小説を読む習慣はなかった。

ジミンはがっかりした表情を浮かべて、手に取った本を本棚に戻した。そのとき、ヒョヌクが口を開いた。

「一度も聞いたことないのか」

「何をですか？」

ヒョヌクに言われたとおりに最後のページを開いてみたが、出版社の名前が刻まれたページとカバーのそでのほかには何もなかった。念のため、そでにある本のリストにもひととおり目を通してみたが、やはり母の名前はない。いったいどこを見ろというの？　ジミンは一つ前のページをめくった。

ヒョヌクがそのページだというようにうなずいて見せた。ページを眺めていたジミンの視線がふと止まった。小さなしおりが挟んであった。表紙の挿絵を印刷したものだった。しおりを持ち上げると、その下に隠れていた文字が見えた。

表紙デザイン、キム・ウナ。十日もかかって初めて見つけたウナの名前だった。

ヒョヌクが言った。

「お母さんが働いていた出版社で出した本だ。今じゃこんな紙の本を見かけることもなくなったが」

ジミンが訊いた。

「お母さんは本を作る仕事をしてたんですか？」

「お前を産むまではな」

インデックスが、あった。

思いも寄らなかったところに。

母の過去について深く考えてみたことはなかった。職場に勤め、どこかに所属して、自分の名前の入った何かを作っていたなんてことも。ジミンの知る母は、いつも家にいて無気力な顔をしている姿だったから。だけど、どうして知らなかったのだろう。思えば当たり前のことなのに。ウナにもジミンを産む前の人生があったはずだった。子どもという足かせからまだ自由だったとき。あるいは母の本当の人生を生きていたときが。

ジミンの表情が曇るのを見たヒョヌクが付け足した。

「どっちみち出版社はもう潰れる寸前だったんだ。どこもメディア会社に吸収されて、紙の本がメインの出版はとっくの昔に斜陽産業になっていたしな」

ジミンはぼんやり母の名前を見ていた。

「まあ、粘っていればあと一年、あるいは二年くらいはまだ働けたかもしれないが、大した意味はなかっただろう。たまたまそのとき出産休暇をもらった母さんの名前が解雇対象者リストに挙がっただけさ。お前のせいだったわけじゃない」

その話はおそらく間違っていないだろう。妊娠していなくとも、いずれウナは出版社を辞めることになっていただろう。ジミンの小さいころの記憶のなかでも、紙の本はとうの昔にほとんどなくなっていたから。

でも、紙の本の表紙を作ることだけが母に与えられた唯一の選択肢ではなかったはずだ。もっと粘っていれば、どうにか持ちこたえていたら、母は何か別の仕事ができたかもしれない。

「運が悪かっただけだ。まさか母さんがあんなことになるとはな。あんなことさえなければ」

ヒョヌクは言い訳をするように言った。

「妊娠で仕事をしばらく休むくらい、よくあることだったんだ」

状況というものはドミノのように連鎖的に人をなぎ倒してしまう。

もしもそのとき、母が選択しなければならなかった場所が家ではなかったとしたら、どうなっていただろう。なんとかして、どこかで何かを作っていたとしたら。表紙の内側、もしくはページの一番後ろに入る小さな文字、それともファイルの作成者の署名としてのみ残るわずかな存在感であっても、自分を自分たらしめる何かを残すことができていたなら。そうしたら母は、あの深い谷底の外へ再び歩み出せたのではないか。母を規定する場所や名前が家という垣の外にたった一つでもあったなら。母を世界に繋ぎ止めるたった一つの繋がりでもあったなら。

　それでも母は紛失しただろうか。

「遺品が必要なんだろう？　それを持って行きなさい。母さんにとって重要なものだったかどうかはよくわからないが」

「お父さん」

　身を翻しかけたヒョヌクが一瞬驚いた。彼の足取りが不自然に止まった。

「お父さんは今まで一度もお母さんを訪ねなかったの？　ということは、マインドに接続してみたわけでもなく、ただ遺言を叶えてあげるつもりで、あそこに行ってインデックスを消してしまっただけなの？」

　誰に対する恨みなのか、もはや自分でもわからなかった。ジミンはただ、誰かに向けて怒りをぶつけないではいられない心境だった。

「そうやって母さんを世界から孤立させて、完全に死ぬこともできないまま、どことも繋がりのない存在にして、それで済まないと思ったことはないの？　後悔したことも？」

　それはジミン自身への問いかけかもしれなかった。

　静寂が流れた。ヒョヌクの表情は読めなかった。彼の後頭部を穴が開くほど眺めていれば、何を考えているかわかるだろうか。

長い間があり、ようやく沈黙を破ってヒョヌクの低い声が響いた。

「ジミン、お前は一度もマインドに接続したことがないと言ったな」

ヒョヌクがくぐもった声で言った。

「俺はしてみた。あまりにもリアルだった」

ジミンは固唾(かたず)を呑んで次の言葉を待った。

「死んでからも俺に会わなきゃならないなんてつらすぎるんじゃないかと思ったんだ。だからたった一度だけ。それ以上は会えなかった」

何かが喉に詰まったようで、息ができない。

ヒョヌクは間違っている。母は今も図書館のどこかにいる。断絶されたまま。接続されないまま。

母を探さなくては。

***

二十歳の母、世界のただ中にいたはずの母、物語の話者であり主人公でもあったはずの母。インデックスを持った母。スポットライトを浴びて踊り、線と線のあいだに存在していた、名前と声とかたちを持った母。

ジミンは母について考えた。母の顔はジミンに似ていただろう。子どもを身ごもったとき、母も怖かっただろうか。それでも愛してあげようと心に決めたのだろうか。そうして「ジミンのお母さん」（訳注：韓国では子を持つ親を、本人の名前ではなく○○［子の名前］のお母さん、またはお父さんと呼ぶことが多い）という名前を手に入れた母。元の名前を失ってしまった母。世界のなかで紛失した母。だけどいっときは、誰よりも確かな自分だけの名前を持ってこの世界に存在していただろう「キム・ウナさん」。ジミンは今やっと、見たことのない彼女の過去を想像できた。

母を許すとか、母に許しを請うつもりはなかった。そうするにはすでに手遅れだった。かつての彼女がどんな人であったとしても、ジミンとの関係においてウナはジミンに一度もちゃんとした愛を与えたことのないダメな母だった。母が生きているあいだ、あまりに互いを傷つけ合った。

それでも、伝えるべき言葉がある。

図書館に駆け込むと、手にいっぱいの荷物を抱えたジミンを見て、スタッフたちが驚いた顔をした。すでに顔見知りのスタッフがやって来て手を貸してくれた。ジミンはすぐに管理者を探した。管理者は司書と一緒にインフォメーション窓口まで来て、それらを確かめ始めた。ジミンが差し出したのは、ヒョヌクの家から持ち出した本だった。四冊の紙の本は重たかった。今ではほとんど使われなくなった紙の本が図書館に登場すると、通りすがりの人たちが横目でちらちらのぞいた。本の表紙からウナのセンスや好みが感じられた。シナプススキャンで特定のマインドを見つけ出すと、それがセキュリティカードにあるインデックスと繋がり、画面に名前が表示されるはずだと司書は説明した。本を一冊シナプススキャンするには五分余りかかるという。

最初のスキャンでは、数えきれないほどたくさんの名前が並んだ。母の名前は見つからない。焦りを感じた。画面から目が離せなかった。だがジミンには確信があった。司書もすかさず次の本をスキャンした。画面に表示されたパーセンテージが上がっていくのを見守りながら、司書がおそるおそる尋ねた。

「ひょっとして、これはお探しの方が書かれた本でしょうか？」

「いえ、そういうわけじゃありませんが……」

二冊目をスキャンしてみても、表示される結果はさほど狭まらなかった。繋がっているマインドが多すぎる。それでもだんだんと少なくなっていることだけは確かに見て取れた。ジミンはまだ諦めていなかった。三冊目が終わり、四冊目のスキャン。周りにいたスタッフがみんなでジミンを取り囲み、結果を待った。

静寂。時折沈黙を破る咳の音。震える視線。

「あ、出ましたね！」

司書が手を伸ばして、モニターに浮かんだ名前を指さした。

おびただしい文字列のあいだに、ジミンは母の名前を見つけた。

キム・ウナ。

ジミンはうなずいた。喉がカラカラだった。

マインド接続機はカードを認識させてアクセスする仕組みになっていた。そばにいた司書が緊張の眼差しで機器を差し出した。ジミンがカードをかざすと、青い照明が点り、アクセス承認のメッセージが浮かんだ。接続機はシンプルな作りだった。大脳皮質に信号を送るVRヘッドセットを付け、機器の案内に従って椅子に腰かけると、ジミンは瞼を閉じた。


目を開けたとき、ジミンの前に広がる風景はおぼろげにかすんでいた。母はソファに座っていた。ジミンに半ば背を向けたまま、仕切りの向こうにある何かをじっと見ていた。ジミンが最後に記憶している母の姿よりも、少しばかり余計に歳を取って見えた。口の周りの深いしわとごましお頭が目に入った。

周囲の風景が少しずつ鮮明になった。ジミンは自分がどこにいるのか理解した。

ジミンと母は小さな書斎のなかにいた。現実には一度も見たことのない仮想の空間だった。本とノート、壁一面にかけられた絵、ジミンの母になる前にウナが愛していたもの、彼女の人生を構成していたもので埋め尽くされた空間。ジミンは机の片隅に置かれた自分とユミンの写真を見た。

そのなかでウナは、いつになく鮮明に見えた。母がまだ生きていたとき、ジミンは時折母がふっとそこから消えてしまいそうな気がしたものだった。母と一緒に住んでいた家には母だけの部屋がなかったことを思い出した。

ウナは振り向いて、その空間に入ってきたジミンを見た。彼女の表情は読めなかった。信じがたいほど本物にそっくりだと言っていたが、そのとおりだった。ジミンは心の内でくり返した。母はもう死んだ。ここにいるのは本物の母じゃない。わたしは母を許すことも、母に許しを請うこともできない。すべては、事が終わったあとの蛇足にすぎない。だけど、このまま出ていくこともできない。どんな言葉をかけるべきだろう？　ごめんなさいとか、あなたのことを許すとか、そういう話をしたいわけではなかった。

「急に訪ねてきてびっくりしたでしょう？　話したいことがあって……」

ウナはジミンが口を開いて話すのを見ていた。そして再び視線を逸らした。今、ウナは自分の物が並んでいる本棚を見ていた。しかし、ジミンはウナが自分の言葉を待っているような気がした。

　マインドは本当に生きた精神なのだと言う人たちがいる。またある人たちは、それはただ再現されたプログラムにすぎないと言う。どちらが真実だろうか？　それは永遠にわからないかもしれない。

　だとしたら、どちらを信じたいのだろう？

「今更何を言っても、本当にお母さんの人生の慰めにはならないだろうけど」

　ジミンは一歩近づいた。視線を避けるようにしていたウナが、ついにまっすぐにジミンを見た。ジミンにはわかった。

「今なら……」

　たった一言を伝えるために、母に会いにきた。

「お母さんのこと、理解できるよ」

　静寂が流れた。ウナの目に涙がにじんだ。彼女は手を差し伸べて、ジミンの指先をつかんだ。

わたしのスペースヒーローについて

나의 우주 영웅에 관하여

カン・バンファ 訳

ガユンが宇宙飛行士の候補に選ばれたという知らせを受け取ったのは、去年の暮れのことだった。身体改造プロセスは一年半を要する長期プロジェクトで、当初は翌年夏から始まることになっていた。だが年が明けてほどなく、身体検査を受けろという連絡が来た。本部によると、予定より日程が早まったのだという。

その夜のニュースを見て、航空宇宙局がプロジェクトの進行を急ぐ理由がわかった。トンネルを初めて通過したサイボーグ霊長類「リッキー」が、トンネルの向こうの宇宙から送った信号を受信したというものだった。今度は人間の番だ。地球上の全人類が次なる瞬間を待っていた。宇宙の彼方へ向かう人類初の宇宙飛行士が、まだ誰も見たことのないトンネルの向こうの風景を目撃する瞬間を。

たった一人でもトンネルを抜けて目を開けることに成功すれば、人類の宇宙は劇的に広がるはずだ。ガユンは、自分がその偉大なプロジェクトの候補に選ばれたことがまだ実感できないでいた。おばさんもこんな気分だったのだろうか。

本格的なプロジェクト参加のためにワシントンへ発つ前に、ソウルの病院を予約した。簡易検診と聞いていたが、おびただしい数の項目があった。「簡易」でこの程度なら、ワシントンセンターではガユンの体を細胞レベルで分析すると見ていいかもしれない。

ガユンが宇宙飛行士の候補に選ばれたことはマスコミを通じてすでに公表されていたが、健康診断は極秘裏に行われた。看護師が病院の裏口に待機しており、受付を通ることもなくまっすぐ診察室に案内される。まるでスパイ作戦のただ中にいるかのようだった。航空宇宙局から派遣された医療担当者が、ガユンの状態を毎日チェックしていた。検診結果は来週まで待たねばならなかったが、見たところ、ひとまずこれといった異常はないようだった。

ところが三日目、ガユンは担当者から意外な言葉を聞いた。

「博士、記録を見たんですが、これは問題ですよ」

担当者は昨日の診療チャートに目を通している。

「なぜ黙っていたんですか？」

「はい？」

ガユンはその瞬間、まさか腫瘍でも見つかったのではと緊張した。担当者の口から思いも寄らない言葉が出た。

「チェ・ジェギョンさんとは家族も同然だったとか」

担当者はチャートのあるページをガユンのほうへ差し出した。昨日の午後に受けた心理相談の記録だった。ガユンはあやふやな態度で答えた。

「そうとも言えますが、問題というのは……？」

なぜジェギョンおばさんの話が出てくるのか見当もつかない。相変わらず顔をしかめたままの担当者に、ガユンは尋ねた。

「ひょっとして、前任の飛行士の親類は選考対象に入れないという決まりでもあるんですか？」

そんなはずはない。そんな決まりがあったとしても、自分は該当しないはずだし。担当者は訝(いぶか)しげに首を傾けると、きっぱりと言った。

「そういう問題ではないでしょう。あろうことかチェ・ジェギョンさんと緊密な関係にあったのなら、当然話しておくべきじゃありませんか。書類上は直系家族だけを検討しますが、よりによって……。道義的な問題があるでしょう。不適格事由に該当する恐れもあります」

　ジェギョンおばさんと近しい関係にあることは、ガユンにとって名誉なことだった。何か誤解しているのではないか。ガユンは再び口を開いた。

「ジェギョンおばさんは……わたしのスペースヒーローです。もちろん、結果的にうまくいったとは言えませんが、生き残らなければヒーローになれないわけではないでしょう？」

　父親のように立派な消防士になりたい、そんなふうに熱く夢を語る小学生にでもなったようで、どこか気恥ずかしかった。でも、おばさんが「不適格事由」に該当するというでたらめな指摘には、釈明が必要だと思われた。

「おばさんは、わたしが宇宙飛行士に志願するきっかけとなった人です。あの日の犠牲は残念なことになりましたが、それでも……」

「犠牲ですって？」

　担当者がガユンの言葉を切って言った。その表情は冷たい。

「チェ・ジェギョンさんがですか？」

　まるで、ガユンがいけないことを言ったかのような態度だった。ガユンはわけがわからず、体をこわばらせた。

人類初のトンネル宇宙飛行士に選ばれたチェ・ジェギョンは、当時四十八歳だった。選抜発表直後から議論が巻き起こった。四十八歳という年齢は一般的な宇宙飛行士の初飛行としても高齢なうえ、その年齢をカバーするほどの目立った経歴があるわけでもないという指摘が押し寄せた。さらに、彼女が慢性的な前庭異常という不適格な健康状態にあり、筋肉も骨密度も標準に満たない矮小（わいしょう）な体格であることに加え、すでに一度の妊娠と出産を経た東洋人女性であることが一つ、二つとマスコミに伝わると、選抜過程についての論争は火が点いたように広がっていった。

人々は、どうしたら人類代表にチェ・ジェギョンのような不適切に思える人物が選ばれるのかと疑問を呈した。ジェギョンが最終選抜に残った三人の飛行士のうちの一人だということはさほど取り沙汰されなかった。ジェギョンを除く残りの飛行士たちは航空宇宙局本部出身の白人男性だったという事実も。代わりに、非難の矛先は、公正な選抜のために初めて航空宇宙局に導入された人工知能スタックマインドに向けられた。

スタックマインドの開発者が明かしたところによれば、宇宙飛行士が参加するサイボーグ・グラインド・プロジェクトは人体とかけ離れた新しい体に生まれ変わるプロセスであるため、既存の身体が持つ適合性よりも、極限の改造プロセスに耐えうる精神力を重視しているという。ジェギョンの前庭異常は、むしろ無重力状態での適応能力において加算点となった。だが人々はその説明に容易にはうなずかず、人工知能による選抜の公正性に対する異議申し立ては、驚いたことに航空宇宙業界の外にまで飛び火した。各種主要ポストの性別・人種のクオータ制と積極的な優遇措置について非難が殺到した。だが多くの話題がそうであるように、肝心の宇宙飛行士選抜についての論争は数ヵ月のうちに静まってしまった。

その後人々の関心は、ジェギョンの身に起こる身体改造へと移っていった。航空宇宙局では、苦しい改造と訓練に耐える宇宙飛行士たちの映像をプロジェクトの広報のために公開した。小柄なジェギョンが歯を食いしばって訓練に耐える様子はドラマチックに演出された。それらの広報映像は、ある意味ではオリンピック選手の訓練を見守っているときのような快感を視聴者たちに与えた。苦痛と苦難、極限状況に打ち克ち、ついに勝利を手にする鉄人の勇姿を見せる人類の代表たち。

トンネルを通過するためには、特殊カプセルに搭乗しながらも極度の重力加速度、急激な温度変化、外部圧力の変化に耐えなければならない。サイボーグ・グラインドは、トンネルを通過する極限状態においても生き残れるよう身体を改造するプロセスだ。人間をトンネルの向こうへ送るために人間そのものを改造しようという発想は、このプロジェクトが大きな批判にさらされた理由でもあった。宇宙の彼方を見るために人間本来の身体を捨てなければならないなら、それはそもそも人間の功績と言えるのか？

ジェギョンはそんなことには疑問を抱かなかった。

「はい。もちろん宇宙の彼方へ行くのも楽しみですが……。それよりもまず、人間を超越したいと思います。わたしたちの体にはあまりに多くの限界があるでしょう？　特に娘を授かったときなど、人間が進化の過程でいかに多くの問題を解決できなかったがために、今この苦労を強いられているのだろうとため息が出ました。より良い体が持てるなら、必ずしも今のままの体で生きていく必要はないと思いませんか？　人間が今後、どんな新しい姿で生きていくのかを想像するとわくわくします。そうなればおそらく、わたしたちが地上で生きていく理由もなくなるでしょうね」

ジェギョンの返答は、人々が人類初のトンネル飛行士に期待するものとはほど遠かった。人々は、ジェギョンの挑戦が人類にとってどんな意味を持つのか、ジェギョンがトンネルの先で宇宙の彼方を最初に目の当たりにするとき、こちらの世界の人々にどんな影響をもたらすのか、そんなマクロ的な観点での答えを期待した。だがジェギョンは新しい体への期待ばかりを浮かれた様子で並べ立てた。ある新聞には、ジェギョンにはプロの宇宙飛行士らしい態度が見られないという社説まで載った。

一方、ジェギョン自身がどんなふうに見られたかったかは別として、トンネルプロジェクトの準備過程で、ジェギョンは多くの子どもたちのヒーローとなった。ジェギョンをわれらがヒーローと感じたのはガユンも同じだった。

第一期のサイボーグ・グラインドは三年越しのプロジェクトだった。体液を高分子ナノソリューションに入れ替えることから改造がスタートした。ジェギョンは、見た目にはそれまでのジェギョンと変わらなかったが、注入をくり返すうちにまったく別の体になっていった。改造の最終段階は金属機械とバイオナノボットが結合したサイボーグであり、科学者の発表によれば、改造の仕上げ段階に入ると、元の人体の割合は推定で五分の一未満になるとのことだった。プロジェクトが終わるころには、ジェギョンはなんらのサポートなしに深い水中に潜れるようになり、一日四時間の睡眠でたちまち疲労回復するようになっていた。

トンネルプロジェクトにおいて、サイボーグ改造だけのために数百億ドルが投入されているという記事が出た。航空宇宙局ではトンネルプロジェクトの広報のため、飛行士たちを国際水泳大会に特別選手として送り出し、新記録をゆうに塗り替える瞬間を生中継した。一方で、航空宇宙局はこれまでどおりの宇宙ミッションもサイボーグ宇宙飛行士たちに課していた。ジェギョンはトンネル通過に備えた予備宇宙ミッションを年に一度、計三度行い、最初のミッションより二度目のほうが、そして二度目より三度目のほうが、極限状態において体がいっそう楽に感じられたというインタビューを残している。

トンネルプロジェクトは、宇宙環境に本格的に人間の身体を合わせるパントロピー(Pantropy)の一環だ。トンネルの環境は一般的な惑星よりずっと危険だろうが、もしも人間がトンネルの内部でも生き延びることができれば、宇宙のどこへでも行けるという証明になる。どこまで人間の姿を維持しながら人体を強化できるのか、強化された身体がトンネル通過という極限の状態でも無事に生き延びられるのかは、このプロジェクトにおいて、宇宙の彼方に人間を送るという最終目標と同じぐらい重要だった。

そしてついに、トンネルに向かって人類が最初のカプセルを打ち上げる日がやってきた。それは人類にとっての宇宙が広がることを記念する日だった。だが皆が見守るなか、悲劇が起こった。トンネルを通過することになっていたカプセルが、推進装置の不具合によりトンネルに入りもしないうちに爆発してしまったのだ。搭乗していた飛行士たちは緊急脱出プロトコルにしたがって宇宙空間へ抜け出そうとしたが、彼らを助けに出た輸送船は間に合わず、トンネルの向こうへ消えてしまった飛行士たちの遺体さえ回収できずに終わった。

ジェギョンをはじめとする飛行士たちは死を目前にしながらも、トンネルの内部を撮影したデータを残した。そのブラックボックスは、最後まで人類に貢献した彼らの犠牲の証しとされた。数ヵ月後、彼らを称える記念碑がそれぞれの故郷とワシントンに建てられた。航空宇宙局では毎年、第一期トンネル宇宙飛行士の犠牲を称える追悼式が行われている。

ここまでが、ガユンの知るジェギョンおばさんの話だ。

ガユンはジェギョンが大好きだった。ジェギョンがトンネルを通過する最初の人間になることを誰よりも願い、そのミッションが失敗に終わったとき、いちばん泣いた人間の一人だった。選抜が決まり、宇宙飛行士になった特別な理由があるのかと尋ねられたとき、ガユンはずっと胸に秘めてきたヒーローについて話した。それを聞いた人々は涙を浮かべた。

だが担当者は、その話の結末は完全に間違っていると言った。

「一緒に暮らすほど近い関係だったのだから、当然ご存じだと思っていました」

担当者はジェギョンのミッション当日に実際に起こったこと、衝撃的な真実を語ってくれた。

それはこういうものだった。

実はジェギョンはあの日、英雄的な犠牲となっていないこと。

ジェギョンははなからトンネル行きのカプセルに乗ってもいなかったこと。莫大な費用がつぎ込まれたミッションの現場に、ジェギョン本人はいなかったこと。航空宇宙局は、カプセルが爆破しその痕跡さえも調査できないとわかると、ジェギョンの致命的な「契約違反」を密かに隠蔽することに決めたこと。

発射前日、ジェギョンは待機エリアから抜け出した。

ジェギョンは宇宙へ行かなかった。代わりに海へ飛び込んだ。

***

ソヒはそれがどうしたの、という態度だった。

「うちのお母さんはもともとそういうタチだったでしょ。自分勝手なところがあったじゃない」

ガユンは呆れて言った。

「てことは、ソヒ姉さんは知ってたってこと？」

「そうよ。娘だから教えてくれたの。ユジンおばさんも知ってた。でも、航空宇宙局からは知らないふりをしてくれって。どうせ遺体も見つかってないんだから、お母さんも世間的には宇宙で亡くなったことにしようって言われたの。それがあなたたちのためですよって感じで。カプセル爆発事故の後始末だけで手一杯だったみたい」

「どうしてわたしには黙ってたの？」

　ソヒは肩をすくめた。

「言えるわけないじゃない」

「なんでよ？　ジェギョンおばさんとわたしの仲、知ってるでしょ？」

「だから黙ってたの。あんたは仲がいいを通り越して、うちのお母さんの熱烈な信奉者だったでしょ。チェ・ジェギョン教があったら、間違いなくあんたが第一信徒だったでしょうよ。あの日以降、ご飯も喉を通らない日が続いたじゃない。あのときはわたしもユジンおばさんも、本当にあんたが死んじゃうんじゃないかと思ったのよ。それなのに話せるわけないでしょ。あんたの憧れの人が、英雄的なミッションの直前に卑怯にも逃げ出したなんて」

　ガユンは言い返せなかった。事実だった。

「でも、あとからでも言ってくれれば……」

　ガユンはソヒの表情を前に言葉を呑み込んだ。ソヒの顔に、読み取りがたい感情が浮かんでいた。

　事実を知りながらも黙っていたのは、ガユンの母もまた同じだ。母ユジンがしばらく立ち上がれないほどの悲しみに暮れていたのは、友を衝撃的な事故で亡くしたからだとばかり思っていた。まさかこんな理由があったとは。

ガユンがこれまでスペースヒーローとして崇拝してきたジェギョンおばさんが、実は、人類の宿願であるミッションを目前にして前日に逃げ出していたなんて。

ガユンは週末のあいだずっと、ジェギョンおばさんのことを考えていた。どう考えても、ジェギョンがなぜそんなことをしたのかわからない。宇宙飛行士が、それも人類で初めて宇宙の彼方に行けるという栄えある立場にいる人が、出発直前になって突然海へ身を投げることなどありえるだろうか。それも、心理検査でいかなる問題も見つからなかった人が。悩んでも、答えはすぐには見つかりそうにない。昔から事件を知っていたはずのソヒでさえ腑に落ちない様子だったのだから、ガユンはなおさら雲をつかむような思いだった。

週末が過ぎ、最後の心理検査を受けるために待合室にいると、職員がなかへ入ってきた。

ガユンはしばしためらった末に、口を開いた。

「選抜に影響するでしょうか？」

「心理的な問題は家族歴に関係していることもあります。選抜が取り消しにならなくても、厳格な心理検査を受ける必要が……」

ガユンが相手の言葉を切って言った。

「そういう理由なら、わたしは問題ありません。断言できます」

何を言ってるのやら、と言いたげな担当者の視線がガユンに向けられた。ガユンは説明を続ける代わりに、静かに検診を待った。待っているあいだ、担当者は難しい表情でガユンを見ていた。

ジェギョンはガユンの母、キム・ユジンと地域のシングルマザーのためのオンラインコミュニティで知り合った。初めは互いの名前を知る程度だったが、週末に近所の劇場で鉢合わせすることが続き、話をするようになった。ジェギョンは近くの大学の天文物理学研究室に勤める博士課程の学生、ユジンは会計事務所で働く会社員だった。二人は一緒に食事をし、互いの家に招き合った。育児情報を共有し、演劇について語り合った。やがて共有範囲が広くなると、あらゆる場面で互いをサポートし始めた。見逃したくない映画が公開されると、ある日はユジンが、翌日はジェギョンが外出するかたちで互いの子どもを見た。

のちにユジンとジェギョンは同居することを決め、リビングとベランダと各々の部屋のある家に引っ越した。そのときからソヒとガユンも実の姉妹のように育った。ガユンが思うに、おそらく自分の母親とジェギョンも二十年という月日のあいだに似たような関係になっていたはずだ。

ジェギョンは博士課程の途中で、思いがけずソヒを授かった。休学も、婚姻届の提出も、離婚も、一瞬のあいだだった。育児と学業の両立は決してたやすいことではなかったが、ジェギョンは研究を続けた。大学院では優秀な論文をいくつか書き、海外から博士号取得後の研究員の話を持ちかけられもしたが、ジェギョンは韓国に残った。そしていくつかの大学の研究所を転々とし、ソヒの大学入学と共に政府出資の研究所に落ち着いた。

ガユンはジェギョンを「ジェギョンおばさん」と呼んだ。小さいころからジェギョンおばさんに憧れていた。ジェギョンが研究しているという太陽系外惑星の話を聞くたびにわくわくした。ジェギョンは驚くべき話をたくさん聞かせてくれた。宇宙には明らかに生物がいそうな惑星がたくさんあるが、まだそこへ行く有効な手段がないのだと言った。いつか宇宙航海技術が飛躍的に発展したら系外惑星を探査できるようになり、ひょっとしたら人間もそこで暮らすようになるかもしれないと。そうなれば、人間は今とは異なる環境に適応しなければならず、異なる身体を持つことになるかもしれないとも言った。ガユンはジェギョンの話を聞きながら宇宙を想像するのが好きだった。宇宙の彼方には、自分たちとは見かけの異なる生命体が暮らしているのだろうか？　別の惑星で、人間はどんな姿で生きることになるのだろうか？　そんな質問を連ねるうち、いつの間にか夜を明かしていることもあった。ガユンはありとあらゆる科学小説やスペースオペラ系ゲームを制覇し、週末はジェギョンと一緒に航空宇宙局のウェブサイトを探索した。ガユンは毎週アップデートされる星雲の写真が大好きで、ジェギョンはそんなガユンに、遠い宇宙で新たに見つかった星雲の興味深い特徴を説明してくれた。

ガユンがジェギョンと意気投合していた一方、ソヒは物理学のぶの字も聞きたくないというタイプで、母親の仕事にも特段関心を持たなかった。むしろ現実的な性格のユジンとのほうが気が合った。やがてユジンと読書の好みも似てきて、書斎の本棚を共有するようになった。よくもこの四人が集まってくれたものだ、ガユンはそう思ったことがある。それはガユンだけではなかったらしく、ソヒも高校生のとき、ガユンにこう言ったことがある。

「わたしたちって、母親を間違えて生まれたみたい」

「そうね。それで同じ屋根の下に暮らすことになったのかも」

そういうわけで、ソヒとガユンは、それぞれの母親とおばさんを違うかたちで愛した。二人は実の姉妹のような友だちで、自分たちには母親が二人いるのだと思うことにした。

この不思議な生活共同体は十年余り続いたが、ソヒがガユンより先に大学に入って一人暮らしを始め、ジェギョンが研究所内の組織争いのために転職を考えるようになると、変化の兆しを見せた。

地球の外で「トンネル」が発見されたのもそのころだった。

トンネルは火星の近くに現れた。火星の軌道上に正体不明の天体が見つかったとき、物理学者たちは観測装置のトラブルだと考えた。無人探査船が天体に近づいて撮影してきた映像で、初めてトンネルの外観がわかった。トンネルは超小型のブラックホールのようだった。実際に、トンネルに近づいた物質はそのなかに吸い込まれていくように見えた。だが観測データが世界各国で分析されるにつれ、このトンネルは既存の天体でもブラックホールでもない新しい何かで、人類が明かすことのできなかった時空間の謎と関連しているかもしれないとの仮説が有力になった。

無人実験ステーションがトンネルの近くへ出発した。ステーションでは毎日実験対象を替えながら、トンネルの彼方に物質を送った。当初はなかに入っていった物質が結局どうなるのか観測できないという問題があったが、誰かが量子もつれを利用した通信システムを導入した。

実験をくり返した末に、一つの事実が明らかになった。物質はトンネルを通過できる。だが、本来の形のままではない。量子通信システムにより、完全に形を失った物質が質量のみを保ったまま宇宙のどこかへ到達したことがわかった。とすれば、物質はどこへ行ってしまうのか？

科学者たちは、物体が元の姿を保ちつつトンネルを通過する方法の研究に全力を傾けた。最初に成功した実験対象は、圧縮されたキューブ状の高分子結晶だった。だが、それだけではトンネルの使い道はわからないままだ。続く研究は極限環境用の災害救助ロボットを使った実験だった。トンネルを通過したロボットはカメラが割れた状態で、辛うじて短い量子通信メッセージを残した直後に稼動を停止してしまったものの、トンネルの向こうになんらかの「別の宇宙」、すなわち宇宙の向こう側があるという事実を暴いた。それは太陽系とはほど遠い場所、宇宙の反対側とも言える場所だった。

数々の実験により、研究陣はトンネルの通過条件を突き止めた。トンネルに入った瞬間、物体はとてつもない重力加速度と圧力に耐えねばならない。トンネル通過後に形を保てる物体がほとんどないのも当然だった。トンネルに入るための「カプセル」が開発されたが、体積と質量に制限があった。決して生易しい状況ではなかったが、トンネルの向こう側へ送る装置を小さな分離型のモジュールにして送り込んだあと、通信を利用して組み立てられるのではというアイデアが出た。そこで、トンネルの向こうに初めて小型衛星の部品が送られたが、組み立てられた衛星はほどなくして動かなくなった。それでも、一連の研究は小さな希望を残した。もしかすると人間が宇宙の彼方へ進出できるかもしれないという希望。

問題は、生命体がトンネルを通過した例がないということだった。今の技術力でトンネル通過時の圧力と重力加速度から機内の生命体を守るカプセルを作ろうしても、通過可能な体積と質量をはるかに超えてしまう。トンネル問題がもはや迷宮入りになろうかというところ、航空宇宙局が新たに提案したのは、既存の生命体ではなく変形した生命体を送ろうというものだった。

パントロピー、宇宙の極限環境に合わせて生命体を改造するというアイデアは小説のなかの空想としてのみ存在するだけで、いまだかつて実行されたことはなかった。地球を離れ、別の世界に適応して暮らした世代がなかったからだ。だが最初のパントロピー、のちにサイボーグ・グラインドと正式に名付けられたこのプロジェクトは、人間が宇宙の居住区に適応したり別の惑星で暮らすためではなく、人間を宇宙の彼方に送るために発動された。実験室で改造過程を経たショウジョウバエやネズミ、オウム、イヌがトンネルを抜けた。航空宇宙局は、次は人間をトンネルに送り込む番だと考えた。

そしてジェギョンはその最初の改造宇宙飛行士プロジェクトに志願し、候補者として合格、半年間の訓練と検証プロセスを経て見事最終メンバーに選ばれた。

ジェギョンは最終訓練への合流のためワシントン本部へ移る前に、韓国に立ち寄った。四人は数ヵ月ぶりに同じ屋根の下に集い、さよならパーティーを開いた。中年女性二人と、大人になったばかりの一人、そして青少年。奇妙な構成のこの家族がまた勢ぞろいする日はおそらく来ない、来たとしても遠い未来のことだろうと皆が承知していた。だからこそいっそうにぎやかで愉快な席になった。ガユンはジェギョンおばさんに、必ずや初めて宇宙の彼方を見る人になって、わが家に栄光をもたらしてほしいと言った。

ジェギョンの宇宙飛行士選抜を巡って多くの論争があることを、ガユンも知っていた。ただ、ジェギョンはそういった話をあまりしなかったため、のちにソヒから具体的な実情を聞いたときは予想外の衝撃を受けた。

ジェギョンはすばらしいキャリアを持つ主席研究員であり、航空宇宙局とも数々の共同プロジェクトを行ってきた。前庭異常のほかには健康に大きな問題もなく、国際ミッションの遂行に必要な言語に長けていた。さらには、厳格なことで知られるスタックマインドの検証プロセスをパスしたのだから、事実上、宇宙飛行士となる資格についてはすでに十分すぎるほど証明されていた。だが人々が思い浮かべる完璧な、スタンダードな宇宙飛行士の型にははまっていなかった。

発表後、ある関係者が匿名インタビューで「性別と人種のクオータを考慮しないわけにはいかなかった」と答えたことで、論争はいっそう激しくなった。ジェギョンの資格について疑惑と非難の声が続くと、航空宇宙局はジェギョンが訓練で抜きん出た実力を見せたという書類を一部公開した。オンラインでは、ジェギョンは本当に実力があるのか、訓練の際に彼女の実力への「やらせ」があったのではという意見が多国籍の言語で書き込まれた。

ジェギョンに注がれる疑いの眼差しの対極には、彼女への熱狂と賛辞があった。ジェギョンは宇宙飛行士になったその年、数十ものさまざまな団体から「今年の女性」に選ばれ、少女たちに勇気と応援を送るインタビューに幾度となく応じ、シングルマザーを後援する国際キャンペーンの広報モデルに選ばれ、女性科学者のカンファレンスが開かれるたびに主要講演者として招待された。

なかには、ジェギョンは人類を代表するにふさわしくないと言う人もいた。同時に、ジェギョンは人類の疎外された人々を代表して宇宙へ行くのだと言う人もいた。彼女は過小に評価されると同時に、過大に評価された。

ジェギョンはそれら数多くの求めに応じ、スケジュールの許す限りあらゆるイベントに参加したが、その一方で少し疲れて見えたとソヒはのちに回想した。

航空宇宙局はジェギョンおばさんの最後の選択を組織的に隠蔽した。当時の航空宇宙局は、カプセル爆発事故の余波で世界中から非難を浴びていた。そのさなか、宇宙飛行士の一人がミッションを遂行せず海に飛び込んだという事実まで公表すれば、致命的な打撃を受けるだろうと判断したのかもしれない。実際、カプセル打ち上げの場面が世界に生中継されていたその瞬間から、事故の知らせが伝えられた最後の瞬間まで、ほとんどの人が飛行士は三人だと固く信じていた。

ガユンが真実を知った数日後、どこかの筋から今更のように情報が漏れたようだった。「宇宙飛行士チェ・ジェギョンのショッキングな真実」というタイトルの記事が報道された。ある時事番組では「『チェ・ジェギョン』スキャンダル」として特集に取り上げようとまでしたが、ソヒとガユンに数十回も電話をかけてきて苦しめた挙げ句に、いざとなると探り出すほどの情報はないと判断したのか、実際の放送には至らなかった。

それもそのはず、ガユンはこの事態について特に話すこともなかった。ジェギョンは、逃げ出すまではとても誠実で有能な宇宙飛行士だった。ジェギョンが参加した三度の宇宙ミッションはすべて成功に終わったし、そのうちの一度などは、ステーションのモジュールが突如分離するという危機的状況を彼女の機転でクリアし、チームを救った功労を認められもした。もちろん一点だけ釈然としないのは、ジェギョンが乗るはずだったカプセルが最終的に爆発してミッションが失敗に終わったということだが、ガユンが思うに、もしもジェギョンがその事実を予見していたとしても、彼女は前日に逃げ出すような人ではない。ジェギョンは一度決めたことは最後までやり遂げる人間だった。

それはともかく、その事実が公開されると、今になってジェギョンへの非難が殺到した。カプセルに搭乗して最後までミッションを遂行した二人の「ヒーロー」と、卑怯にも逃げ出した「裏切り者」ジェギョンの生き方を比べる記事が報じられた。海外でも波紋が広がったが、その先鋒（せんぽう）に立ったのは国内のマスコミだった。彼らはジェギョンをありとあらゆる表現で辛辣（しんらつ）に罵（ののし）った。「国庫の無駄遣い」「恥さらし」「国の面汚し」になった女性宇宙飛行士。ジェギョンはすでにおらず、その攻撃に応じることはできなかった。

ジェギョンがなぜ最後にそんな選択をしたかについても、多くの推論が行き交った。コラムや分析記事も後を絶たなかった。ほとんどは、彼女があまりのプレッシャーに勝てなかったのだと推測していた。ジェギョンは当時、唯一の女性、東洋人、シングルマザーというわかりやすい特徴を備えながら人類を代表するポジションにあったのだが、彼女を見定めようとする厳しい視線に耐えるほどの器ではなく、プレッシャーに負けて自殺したというものだった。そういった主張は、安定的な背景と健康な心身を持った人物を適切に選び出して人類を代表するポジションに就かせることの重要性を強調し、詰まるところこの

「チェ・ジェギョン事件」は人を適材適所に配置できなかったことによる人災だという結論に至った。

ガユンにとってもジェギョンの選択は疑問だったが、右のような記事を書き連ねる人たちの推測が当たっているとは思えなかった。ガユンはたわごとを並べ立てる新聞記事を見つけるたびに「ひどいね」を押すうち、本当に腹が立ってきてタブレットをベッドに放り投げてしまった。


ジェギョンを巡る二度目のスキャンダルが広がっていくあいだ、ガユンのサイボーグ・グラインドはスタート段階に入っていた。

プロジェクトが始まり、ワシントンの宿舎が割り当てられたとき、ガユンはジェギョンもこんな部屋で寝ていたのだろうかと考えた。宿舎はガユンがこれまで暮らしたどんな家より快適だった。だが一人で使うには広すぎ、洗練されすぎた環境はどこか寂しい感じもした。

医療陣が今後の日程を説明してくれた。改造プロセスはジェギョンのときとさほど変わらなかった。だが当時より期間が短縮し、技術的に進歩した機器を使うとのことだった。

まずは体液をナノソリューションで代替することから始め、ナノソリューションが体に適応したら脆弱な臓器を人工臓器と入れ替え、最後に皮膚と血管を取り替える。医療陣がモデリングプログラムで見せてくれたサイボーグ化後のガユンは、小学生が書いたSF画の脇役のように見えた。皮膚は元の皮膚の色に近づけられるため実際に大きな違和感は生じないだろうが、それにもかかわらずモデリングのイメージは、遠からずガユンが人間とはまた異なる存在になると宣告しているかのようだった。ガユンはそれを、捉えどころのない気持ちで見つめた。これからジェギョンおばさんと同じ改造プロセスと訓練を経るのだということも、そして、ともすればジェギョンと同じ悩みに行き着くかもしれないということも、まだ実感できなかった。

ソヒはワシントンに到着したガユンのため、宿舎におやつを送ってきた。しかしナノソリューションの投与が始まると、何も口にしたくなくなった。医療陣は一般的な副作用だと言い、これといった処置はとられなかった。ビデオ通話をかけてきたソヒは、ガユンの青ざめた顔色に多少驚きつつも、間もなく冷静に受け入れた。

ガユンとソヒは近況をつぶさに伝え合った。最近大学に職場を移したソヒからは、日常の変化に慣れようとしているところだという話を聞いた。ガユンは、極秘施設であるサイボーグセンターの内部を知りたがるソヒのために、廊下を埋め尽くす用途不明の怪しい機器について話してやった。ガユンはふと、頭に浮かんだ疑問を口にした。

「でも、ジェギョンおばさんはどうして自殺したのかな？」

「あれを自殺とは呼びたくない」

　ソヒはきっぱりと言った。

「あれを自殺と言うにはおかしな点が多いのよ」

　その言葉にガユンも同意した。不審な点が多かった。ガユンが訊いた。

「ソヒ姉さんは今まで疑問に思ったことある？　ジェギョンおばさんが本当に自分の選択で海に飛び込んだのか。それとも誰かの介入があったとか、ものすごい陰謀が隠されていたとか。事故死って可能性もあるでしょ。ソヒ姉さんも知ってのとおり、ジェギョンおばさんって逃げるような人でもなければ、あんな死に方をする人でもないじゃない」

「当然疑問に思ったわよ」

　ソヒがうなずいた。

「航空宇宙局に問いただすのはわたしの仕事だった。ユジンおばさんはあのとき、話しかけられる状態じゃなかったし。担当者をこれでもかってほど問い詰めてマスコミにばらしてやるって脅したら、監視カメラに映ってたお母さんの最後の姿を見せてくれたの。映像まで残ってるくせに、いざその瞬間に駆けつけて止める人がどうしていなかったのか疑問だったんだけど、それを見たら何も言えなくなったわ」

「どうして？」

「海岸の絶壁にある展望台を映したものでね。カメラのフレームの端っこにお母さんが現れて、その瞬間から目が離せなくなった」

ソヒの声に悲しい色はなかった。

「チェ・ジェギョンは一瞬たりとも迷わなかった。まるで、長らく待ち続けてきた暗殺計画の決定的な瞬間に狙撃弾を撃つみたいに、絶壁に向かってまっすぐに走り、まっすぐに海に飛び込んだのよ。驚いたわ。幅跳びの選手かダイビングの選手みたいだった」

「……」

「あれが自殺だなんて。あんな自殺の仕方ないわよ」

ソヒが鼻で笑った。話を聞き終わったガユンは、ソヒがなぜジェギョンの死を悲しむのではなく、どちらかというと呆れたような態度を取るのか理解できた。

ジェギョンはなぜ最後の瞬間に、宇宙ではなく海へ向かったのか。ソヒの言うとおり、それを心理的なプレッシャーに負けて追い詰められた自殺と見るには疑問が残った。

翌週、ガユンはソヒから、おやつと一緒にジェギョンが残した落書きの束を受け取った。数ヵ所にわかりやすく貼られた付箋は、ソヒの手によるものらしい。ガユンはそのなかに気になる箇所を発見した。

最初のページは、すでに知られているトンネルシステムに関するメモだった。通過できる最大体積、最大質量、耐えるべき圧力、そして、人体改造によって進化した人間が持ちこたえられるトンネルの環境……。

次のページにもメモがあり、今度はトンネルに関するものではなかった。それは深海に関するものだった。

計算式を眺めていたガユンは、いくぶん目が覚めるような気分だった。それは、サイボーグ・グラインドに改造された人体が深海で生存できるかを割り出す計算式だった。

特殊製造されたナノボットソリューションを二ヵ月間服用すると、ガユン本人にも感じられる明らかな体の変化があった。普段宿舎で休んでいるときやペーパーワークをしているときよりも、激しい訓練をしているときのほうがかえって体が軽く感じられた。医療陣によれば、改造された身体は極限環境でよりくつろげるよう設計されているため、改造が順調に進んでいる証拠だという。パントロピーの真価が現れ始めたのだ。

ガユンは新しい強化訓練プログラムのリストをもらった。奇しくも深海スキューバ訓練が目に留まった。無重力状態に適応するための中性浮力実習が宇宙飛行士のトレーニングコースに導入されたのはすでに数十年も前のことだが、深海ダイビングはトンネル宇宙飛行士にのみ課された訓練だ。単なるスキューバダイビングではサイボーグの体に適切な圧迫を加えられないというのがトレーナーの説明だ。

改造はまだ初期段階だったが、宇宙飛行士たちは普通の人間の五倍の深さまで潜ることができた。改造が完成すれば、さらなる深海まで潜れるという。もとより、深海はあくまでも宇宙のトンネルを通過するための極限環境シミュレーションにすぎず、それ自体が目的ではない。

だが、海の底へと下りていくあいだ、ガユンは奇妙な自由を感じた。

もしも人間が海で自由を感じることができるなら、それ自体が目的にならない理由があるだろうか？　ガユンはふと、ジェギョンの最後の選択を思った。

続くソヒとの電話で、ガユンは自分が思いついた仮説を話した。

「考えたんだけど、ジェギョンおばさんは人魚になりたかったんじゃないかな」

「ちょっと、大丈夫？　訓練、きついの？」

ソヒはいまや、ジェギョンよりガユンを心配しているようだった。だが深海に下りていくあいだ、そして新しい体が極限の環境でいっそうくつろげることを確かめたとき、ガユンは驚くべき解放感を味わった。もしジェギョンも似たような経験をしたなら、ジェギョンが本当に望んでいたのはトンネルへ向かうことではなく、新しい人間として生まれ変わること、つまりサイボーグ・グラインドそのものだったのかもしれないと思った。

いつかのインタビューでジェギョンも言っていたではないか。人間の体はあまりに不完全だと。ひょっとしておばさんは、第二の体を求めていたのだろうか？


不名誉な宇宙飛行士チェ・ジェギョンに向けられていた非難は、いつしかその矛先をガユンへと変えていた。

航空宇宙局では、ガユンとジェギョンのあいだに法律上の関係がないことを再度確認すると、それ以上問題視しなかった。だが人々は、ガユンとジェギョンの関係性に責任を問おうとした。

「おばさんがあんな選択をしたことをいつから知ってたんですか？　なぜその事実を隠して志願したんでしょうか？」

「あなたがチェ・ジェギョンさんのように逃げ出さないと誰が信じられるでしょうか？　懸念の拭えない国民のために、覚悟の言葉をひと言お願いします」

人々はジェギョンとガユンのなかに、いともたやすく共通点を見つけた。ガユンがインタビューでどう答えようと、それはジェギョンに似た情緒不安の一端と見なされた。少しでもジェギョンをかばうような表現をすれば、この飛行士もジェギョンのように逃げ出すのではないかという反応が返ってきた。どれだけ揚げ足を取れば気が済むのか、のちにはソヒが電話をかけてきて、「これから誰かにうちの母親のことを訊かれたら、そうですあの人は大悪党ですって言いな。それから、わたしは違いますって。そう言われて腹を立てるような人でもないんだから」と言い出すほどだった。

家族も同然の関係だったならなぜ自殺を止められなかったのか、本当の理由を知っていながら知らないふりをしているんじゃないかという質問を前に、ガユンは口を閉ざした。どう答えてもみじめになるに決まっている。ガユンは、そんな質問が飛び出す場にソヒとユジンがいなくてよかったと思った。

「おばさんにとっては、宇宙に行かないことが解放だったんじゃないかな?」

追い込まれることひと月、ソヒとの通話でガユンは新たな仮説を挙げた。ここまで追い込まれると、すべてを投げ出してどこかへ行ってしまいたくもなっただろうジェギョンの心境が理解できた。ソヒに同情してほしくて言ったのではなかった。だが意外にも、ソヒはうなずいて言った。

「ありえるね。ちょっとひねくれた人だったから」

ガユンはジェギョンの身に起きたことをもう一度思い浮かべてみた。

「今回ジェギョンおばさんの事件が公になって、いろんなこと言われたじゃない?」

「そうね」

「言われて仕方ないところもあるし」

「それもそう」

「でも、もしそれがおばさんじゃなく、ほかの人がやったことだとしても、同じことを言われたと思う？」

　ジェギョンはもういないのに、人々はジェギョンに似た、また別の弱者を叩きのめしていた。これだから欠陥のある人間を重要なポストに据えてはならない、スタンダードな人間の定義を立て直さなければならないと非難した。

　だが、そのうちの一部は明らかにジェギョンの非ではない。ある人の失敗はその人が属する集団全体の失敗になるのに、別のある人の失敗はそうではない。

「実際わたしも、ジェギョンおばさんが飛行士に選ばれたときと同じようなことを言われてるでしょ。こっちは歯を食いしばってやってたわけよ。もっと頑張れば認めてもらえるだろうって。でも、結局言われることは同じ」

　ガユンはしばらくの沈黙のあとに言った。

「もしかしたらおばさんは、このしがらみそのものから抜け出す方法の一つを試したのかもしれない」

ソヒは少しばかり首を傾けてから「そうかもしれない」と短くつぶやき、口をつぐんだ。それはこれまでガユンとソヒがくり返してきた数多くの謎解きゲームの仮説の一つでしかなく、ジェギョンの選択を完全に説明できるものでもなかった。二人は再び思いにふけり、長い沈黙の末にビデオ通話を終えた。

時間はどんどん過ぎていった。ガユンは最終テストにパスした。

火星の軌道へ向かう宇宙船が打ち上げられる一週間前、宇宙飛行士たちに最後の面会時間が与えられた。トンネルミッションは危険だった。第一期の試みのように、生きて戻れない可能性もある。航空宇宙局が設けた面会室は、これで最後になるかもしれない挨拶を交わすに十分な施設だったが、出入りできるのは厳しい統制下で面会権を与えられた人のみ。処刑場に向かう前の罪人でもあるまいに、統制下にある面会室とは。多少おかしくもあったが、これもまたジェギョンが残した一つの痕跡ではないかとガユンは考えた。

ガユンは面会室でソヒに会った。ユジンは面会に来る代わりに、元気で行ってこいというメッセージを送ってきた。ガユンは、母親がこのトンネルミッションで一番の親友を亡くすというトラウマに苛(さいな)まれていたことを思い出した。必ず帰ってくる、ガユンはそう返事を送った。

ソヒはガユンの大好きなチョコレートを持ってきた。食事制限のため食べられないのだと言うと、残念そうな顔をした。ジェギョンのときはあまりの緊張で何か差し入れることさえ思いつかず、制限があることも知らなかったと言った。どのみち、身体改造が完成に近づいてからは、以前のように食べ物の味を楽しむこともできなくなった。サイボーグになる代償として失う感覚の一つが味覚だ。今思えば、ジェギョンはそんな話をしたことがなかった。ユジンから山ほど送られてくるおやつを毎度おいしく食べているとしか言わなかった。

二人はチョコレートをテーブルの隅に押しやると、普段のような会話を始めた。トンネルについてはあえて口にせず、そういったものははるか遠くにあるかのように、そして当然のごとく地球に帰還するのだというような話しぶりで。

面会時間が終わりかけたころ、ソヒが言った。

「考えてみたんだけどさ」

「うん？」

「わたし、お母さんがどうしてあんなことしたのか、わかる気がする」

ソヒが何気ない様子で言い、ガユンは笑った。

「今それをわたしに言ったら、わたしもおばさんの例にならうかもよ？　よく考えてから言いなさいよ」

冗談のつもりだったが、ソヒは真面目な顔でうなずいた。

「そうならないって確信があるから今話してるのよ」

「それなら聞くよ」

ガユンはわずかに顎を上げた。たいそうな答えを期待してはいなかった。

「ジェギョンおばさんがあんなことしたのはどうして？」

「お母さん、酔っ払ってビデオメッセージを送ってきたことがあるの。つらいって、みんなから期待と憎しみを同時に向けられるのにうんざりするってぼやいてたんだけど、普段から耳にたこができるほど聞いてた話だから、適当に聞き流してた。でもその日、お母さん、こう言ってたんだよね。『やるだけやったんだもん、十分だよね？』って」

「やるだけやったって、何を？　肝心なとこが抜けてる」

そうは言ったものの、ガユンも本当は、ジェギョンおばさんが実にたくさんのことをやってのけたことを知っていた。ジェギョンは正真正銘のスペースヒーローだった。世界を巡り、いくつもの宇宙ミッションを成功させた。数多くの少女たちの人生を変えたかもしれない。最後にどんな選択をしたとしても、ジェギョンが変えた数知れぬ人生の経路が元に戻るわけではない。ガユンこそ、その証拠の一つだった。ガユンはかつて、ジェギョンを仰ぎ見ながら宇宙を夢見た少女だった。そして今、ジェギョンのあとを追う人となった。

ソヒがまた何か思い出したのか、クスクス笑いながら言った。

「そういえば、一度なんか、宇宙の彼方についてなんて言ったと思う？　こんなにたくさんお金をつぎ込んでまでわざわざ見る必要があるのかしら、どうせ同じ宇宙だと思うけどって、そう言ったのよ？」

「それがそのお金でサイボーグ宇宙飛行士になった人の言うこと？」

「ほんとよね」

ガユンはかぶりを振りながら言った。

「ジェギョンおばさんはそもそもトンネルに入る気がなかったのね」

ソヒは肩をすくめながら答えた。

「うん。否定したかったけど、考えれば考えるほどあんたの推測が当たってるように思えて。初めから、やるだけやって最後には海に向かうつもりだったのよ。一人で深海を見ようと。勝手よね。あのプロジェクトにどれだけのお金がかかったと思ってるのかしら」

どうやらそれが最も正解に近い気がした。二人は向き合って笑った。今更思い当たったジェギョンのひねくれた性格が、あまりに自分たちの知っている彼女らしくて、笑うしかなかった。

「というわけで、否定できない」

ソヒが言った。ガユンもうなずいた。

「わたしも」

その日の夜、ガユンは一睡もせずに考えた。ジェギョンおばさんは深海で、自分が探し求めていた目的地にたどり着いたのだろうか。

深海で悠々自適に暮らすジェギョンおばさんを想像するのは、宇宙にいるおばさんを想像するよりむしろたやすかった。深海へ下りていったジェギョンおばさん。それはあまりにおぼろげで現実味がなく、かえってどんなふうにも思い描けそうだった。おばさんは手に入れたエラで息をしているだろう。真っ暗闇のなかでかすかな光を追って泳いでいるだろう。そうして地上で起こる、このため息の出るようなあらゆる出来事を思う存分笑っているのだろう。そこでの深い闇は宇宙とも似ているだろう、だからおばさんはためらうことなく海へと旅立ったのだと思った。だが、ガユンにはまだ気になることがあった。おばさんは宇宙の彼方を見られなかったことを、少しは残念がっているだろうか？

＊＊＊

火星まではレーザー推進エンジンを搭載した宇宙船で一週間かかった。その間、宇宙飛行士たちは地球から送られてくる応援ビデオメッセージを見ていた。人類の未来、宇宙の拡張、大気圏を抜けるあいだも続々と届いていた無数のメッセージ。それらの言葉が無重力状態で肩にのしかかるあいだも、ガユンは、火星の軌道へ向かう宇宙船にはなから乗っていなかったジェギョンおばさんのことを思っていた。火星の軌道に近づくと、トンネルの近くに設けられた無人ステーションが見えた。乗ってきた宇宙船をステーションに停めてカプセルに乗り換えると、トンネル通過ミッションが待っていた。

近くで見るトンネルは、これまで写真や映像で見ていたものよりも迫力に欠けた。あのトンネルが別の宇宙への通路だと初めて推論した天文学者たちは、目に見えるものより数字を信じるべきだと訴えるような極度のデータ妄信者に違いない。トンネルははた目にはなんの価値もなさそうな、宇宙にぽっかり開いたただの穴に見えた。

待機の時間が一日あり、ガユンは展望室でトンネルを眺めた。ほかの飛行士たちはガユンが感傷的になっていると思ったのか、通りすがりに肩を叩いた。その実、ガユンはこんなことを考えていた。本当に、ここまで来たのに、なんの変哲もないものだったらどうしよう。でも、むしろそのほうがいいのだろうか。

ジェギョンおばさんはトンネルを通過するという偉大なチャンスを鼻で笑いながら棒に振った。「わざわざ見る必要があるのかしら」。だがガユンは、ジェギョンが笑いながらふいにしたチャンスをわざわざ取り戻すかのようにここまで来た。

地上の人々から負わされた責任は今もガユンにのしかかっていたが、大きなプレッシャーは感じなかった。というのもジェギョンが、そのあらゆる重荷と共に海へ入ってしまったからかもしれない。

ジェギョンのせいで、ガユンは深海へ下りる最初のサイボーグになりそこねた。いまやガユンは、ジェギョンの戦跡を追うのではなく、トンネルの向こうへ行く最初の人間になろうとしていた。

チャンバーに乗り込む際、オペレーターが会議を始めた。すべてはシミュレーションどおりに行われる。重要なのは短い意識喪失後に目覚めようとする意志と強い精神力だと。完全に機械からなる体でない以上、トンネル進入時の無意識状態は防げない。ミッションの成功如何を決める数々の条件と状況があるにせよ、最初に意識を取り戻せるかどうかは飛行士にかかっている。目覚めたときにはすでに別の宇宙に着いているはずだ。ミッション失敗なら二度と目覚めないはずだから。

オペレーターが言った。

「大好きな人の顔を思い浮かべれば力になるはずです」

チャンバーのドアが閉まり、床から液体が満ちてくる。間もなく、ナノソリューションが肺のなかに押し寄せ、呼吸することは無意味になった。数百回くり返しても慣れない、肺ではなく体中の血管で呼吸する感覚。

ガユンは緊張で吐きそうになったが、それももう叶わない。

大好きな人を思い浮かべろって？　ガユンには今すぐに会いたい三人がいた。彼らの名を呼ぶうちに、すべて終わっているはずだと思った。カウントダウンが始まると、頭のなかが緊張で真っ白になった。

そして電源を切ったように、すべての感覚がシャットダウンした。

ガユンは体を押さえつける水の圧力のなかで目覚めた。粘性の高い液体に視野をふさがれて何も見えず、それが耳、鼻、目のなかへ押し寄せてくる感覚は奇妙なものだった。五回ほど瞬きしたあと、ガユンはとうとう思い出した。

歓声とカウントダウンがあった。

そして……自分はトンネルを通過したのだ。

ひどいめまいと共に周囲の風景がぐるぐる回った。

ガユンは手を下ろして床をまさぐった。チャンバー下段の液体排出ボタンを押すと、押さえつけられていた感覚がさわさわと徐々に薄れていった。ナノソリューションが体外へ抜けていくのがわかった。

チャンバーが開いた。ガユンは大きく息をした。咳をして苦い液体を吐き出した。すぐそばには、閉じたチャンバーのなかで目を閉じている二人の同僚が見えた。ガユンは彼らのチャンバーの開放ボタンを押した。ブーン、という騒音と共にガラス越しのナノソリューションが回転し始めた。

量子通信機の向こうからジジ、という雑音、そして内部の状況を問う声が聞こえた。ガユンは手を伸ばして、応答を求め続ける通信機を手に取った。

「抜けました」

通過成功を伝えると、短い静寂が流れた。

ランプが二度点滅したあと、通信機の向こうからノイズ混じりの歓声が聞こえてきた。

「状況確認に入ります」

カプセルを眺望モードに換えると仕切りが除かれ、カプセルの端にある眺望台が現れた。

黒い六角フレーム越しに、新しい宇宙が見えた。トンネルの向こうの宇宙だった。ガユンはふらつきながら壁面の手すりをつかみ、壁伝いに眺望台へ向かった。

星々と白く伸びる星雲が見えた。もっとたくさんの星が見えるかと思ったが、すでに数え切れないほど見てきたあちら側の宇宙とさほど変わらなかった。

ジェギョンの声が聞こえるようだった。ほら、わざわざそこまで行って見る必要はないんだってば。ジェギョンの言うとおりだった。正直に言って、命がけで来るほどすばらしい光景ではない。だがガユンはこの宇宙に来なければならなかった。この宇宙が見たかった。ガユンは眺望台に立って、時間の許す限りゆっくりと宇宙の姿をその目に焼き付けた。

いつかわたしがスペースヒーローに再会したら、宇宙の彼方の風景も捨てたものじゃないと話してやろうと。

著者あとがき

　いつだったか、図書館のなかで本が失くなるとなかなか見つからないという話を読んだことがある。そのメモに「館内紛失」というタイトルを付けたまま、すっかり忘れていた。公募の締め切りを前に、メモを見ながら構想したのが「館内紛失」だ。人間の心をデータで保存できるという発想はＳＦでよく使われるテーマだが、データの紛失を現実世界での紛失とも結び付けられるのではと思った。この世のどこかに確かに存在するのに見つけられない人。それはどんな人だろうと考えるうち、このような物語が完成していた。

「わたしたちが光の速さで進めないなら」は、初めてＳＦを学び始めたころに超高速航法について覚えた興味を反映させた話だ。いかなる物質も光の速度を超えることはできないという宇宙的限界を突破するために、物理学者と作家はさまざまな技術を考案してきた。普通ならそのうちの一つを選んで小説を書くのだろうが、超光速航法のパラダイムがシフトする時期に起こる事柄を取り上げてみたかった。宇宙ステーションで宇宙船を待つアンナの物語は、「偽のバス停」についての記事を読んだときにひらめいた。ドイツにあるこのバス停には、いくら待ってもバスが来ない。夕暮れに彼らを連れ帰るのは、バスではなく施設のスタッフだ。迷わないように設けられたものだそうだ。勝手に養護施設を出たお年寄りたちが道に迷わないように設けられたものだそうだ。

人が物質に基盤を置く存在だということに、ずっと興味があった。化学を専攻した理由も、多くがそこに関係している。感情の物質性や、抽象的なものと具体的なものの転換についてよく考える。人々がある物質を所有し、その物質によって情緒面での欲求を満たせるとしたら、感情そのものを所有したがることもありえるのではないか？　そんな問いから生まれたのが「感情の物性」だ。のちに同じテーマで長い作品も書きたいと思う。

「スペクトラム」を書いていた時期は、テクノロジーによって変化した人間の感覚に関心を抱いていた。科学の教科書にはいつも、知識の発見と共にその知識の発見を可能にさせた道具、器具、実験設計が提示されている。わたしたちが多様な道具――望遠鏡や顕微鏡、現代の実験室のメインである実験機器――を使い、どのように世界を探求し拡張してきたのかを思うと興味深い。そして、そうして拡張した感覚に慣れ切っている科学者が人間の感覚だけでは認知できない世界と他者に出会ったとき、どんな感情を抱くのかに思いを馳せた。

「巡礼者たちはなぜ帰らない」はユートピアとディストピアに分かれた企画短篇集に収録された作品だ。初めは大して悩むこともなくユートピアを書こうとしたのだが、いざとなるとユートピアをまったく思い浮かべることができず行き詰まった。誰かを除け者にしない技術というものがありえるだろうか？　この物語を書きながらそんな自問自答をくり返した。いまだ答えは出せずにいるが、今後も追求していきたい。

「共生仮説」はいちばん楽しく書けた作品だ。ＳＦで人間が宇宙人に会うと、普通なら大きな葛藤が生まれる。考えてみれば当然の結果かもしれないが、だとしても、まったく別の存在同士が共生関係を結ぶ話を書いてみたかった。

「わたしのスペースヒーローについて」は、この短篇集に収録するために書き下ろした作品だ。深刻な話はすでに何作もあったから、爽やかなものを書こうと思った。でも、なぜかこの作品を書いていた時期は、思ったとおりに話が進まなかった。ジェギョンは架空の人物だが、どことなく実在する人物のように感じながら描いていた。今も、本当にジェギョンが深海のどこかを泳いでいる気がしている。

追い求め、掘り下げていく人たちが、とうてい理解できない何かを理解しようとする物語が好きだ。いつの日かわたしたちは、今とは異なる姿、異なる世界で生きることになるだろう。だがそれほど遠い未来にも、誰かは寂しく、孤独で、その手が誰かに届くことを渇望するだろう。どこでどの時代を生きようとも、お互いを理解しようとすることを諦めたくない。今後も小説を書きながら、その理解の断片を、ぶつかりあう存在たちが共に生きてゆく物語を見つけたいと思う。

初の拙著が出るまでご尽力頂いた方たちに感謝を捧げたい。すべての作品に細かく目を通し惜しみない助言をくださった編集者のチョ・ユナさんのおかげで、この本が出来上がった。恥ずかしくてあえて読んでくれと言わなかったのに、わたしのデビュー作が面白いと広めて歩いてくれた友人たち、そして後輩たちの応援にいつも勇気をもらっている。
　毎回快く最初の読者になってくれる、美しい文章を書く詩人である母にも感謝している。母が面白いと思ったものなら、他の読者にとっても面白いだろうという信念を抱いている。最高の音楽家でありバリスタでもある父の励ましと深夜三時のパーフェクトなコーヒーは、締め切り間際の危機的状況で大きな力となった。愛する二人に、特別な感謝を伝えたい。

（ユン・ジヨン訳、カン・バンファ監修）

解　説

書評家
石井千湖

たとえどんなに想像するのが難しくても、すべての人が「有能な」世界よりも、弱い人たちが平穏に、ありのままに存在する未来のほうが解放的だと、わたしは信じる。

――『サイボーグになる』（キム・チョヨプ、キム・ウォニョン著、牧野美加訳、岩波書店刊）

キム・チョヨプは、一九九三年韓国蔚山広域市(ウルサンこういきし)生まれ。同い年の有名人にはBTSのSUGA、歌手のIU、俳優のパク・ボゴムなどがいる。デジタルネイティブで多様性や個を重視すると言われる「MZ世代」だ。二〇一七年、第二回韓国科学文学賞中短編部門にて「館内紛失」で大賞、「わたしたちが光の速さですすめないなら」で佳作を受賞し、作家としての活動をスタートした。

二〇一九年に上梓した『わたしたちが光の速さで進めないなら』（邦訳早川書房刊）は、デビュー作品集にしてベストセラーになった。七篇の収録作のうち「スペクトラム」は、『はちどり』を手がけたキム・ボラ監督による映画化が決まっている。

理工系の名門である浦項(ポハン)工科大学で生化学の修士号を取得したキム・チョヨプのSF小説は、科学的なプロットがしっかりしている。それでいて、SFというジャンルにあまり親しんでいない人も共感を抱ける物語になっているところが人気の秘密だろう。未知の世界を描いていても、登場人物は現実社会を生きているわたしたちと似ている部分があるのだ。しかも、人間の不完全さ、いないものとされがちなマイノリティに目を向けている。

まず「巡礼者たちはなぜ帰らない」。成年式を迎える前に、みんなが平和に暮らす〈村〉から〈始まりの地〉である地球へ旅立ったデイジーが、帰らない理由をソフィーという人物に宛てた手紙で語る。デイジーを動かしたのは、村をつくったリリーとその娘オリーブの物語だった。キム・チョヨプが韓国出版文化賞を受賞したノンフィクション『サイボーグになる』で、SFの元祖として言及しているメアリー・シェリーの『フランケンシュタイン』を彷彿とさせる話だ。リリーは成功したフランケンシュタイン博士であり、自らの人生を呪う怪物でもある。地球に行ってリリーの秘密を知ったオリーブ、誰も差別されず悲しみもない村に欠落しているものに気づくデイジー。それぞれの選択と〈愛とはその人と共に世界に立ち向かうことでもある〉という言葉が胸を打つ。

キム・チョヨプの作品には女性研究者がよく出てくる。「スペクトラム」もそうだ。地球外生命体に接触した生物学者ヒジンが、虚言癖を疑われながらも、その惑星の位置について沈黙を守って死んだのはなぜかという話。宇宙船で探査中に遭難したヒジンは、たどり着いた見知らぬ星で〈彼ら〉に出会った。ヒジンは〈彼ら〉の中で〈ルイ〉と呼ばれる個体に助けられ、ともに生活するようになる。少しずつコミュニケーションは深まるが、どんなに努力しても理解できないこともある。わからない存在をわからないまま同じ魂として受け入れたときに、あまりにも美しい光景があらわれる。前述した映画『はちどり』のキム・ボラ監督は、「スペクトラム」について〈「ある存在に対する尊重」が描かれていました〉と語っている。一言でこの短篇の本質を突いていると思う。

「スペクトラム」には絵が印象的な形で出てくるが、次の「共生仮説」は不思議な風景画を描く画家の話だ。画家の頭のなかにある、地球上の言葉では言い表せない名前の惑星のヴィジョンはどこからやって来たのかという謎を、脳研究者たちが解いていく。宇宙一優しいエイリアン小説。

表題作の「わたしたちが光の速さで進めないなら」は、宇宙ステーションでスレンフォニアという惑星行きの船を待っている老人の話。老人はアンナという名前で、コールドスリープに革命をもたらしたディープフリージング技術の研究者だった。ワープ航法の発明によって宇宙開拓時代の幕が開き、アンナの夫と息子は新天地を夢見て遠い惑星に移り住んだ。アンナも追いかけるつもりだったが、仕事にかまけている間に状況が激変し、家族は離ればなれになってしまう。本書のなかで最も現実社会におけるテクノロジーと人間の関係をシビアにうつしとった作品ではないだろうか。新技術は経済的に莫大な利益を生みだしたり、人々の不便を解消したりする。けれども変化するスピードも速くて、ついていけない人たちが出てくる。植民地政策や集団移民の問題も連想する。タイトルの由来になったアンナのセリフは痛切だ。

「別れというのは、昔はこんな意味じゃなかった。少なくともかつては同じ空の下にいたからね。同じ惑星で、同じ大気を分かち合っていた。だけど今では、同じ惑星はおろか同じ宇宙ですらない。わたしの事情を知る人たちは、数十年ものあいだわたしを訪ねてきては慰めの言葉をかけてくれたよ。それでもあなたたちは同じ宇宙に存在しているのだと。それはせめてもの救いではないかとね。でも、わたしたちが光の速さで進めないのなら、同じ宇宙にいるということにいったいなんの意味があるだろう？　わたしたちがいくら宇宙を開拓して、人類の外縁を押し広げていったとしても、そこにいつも、こうして取り残される人々が新たに生まれるのだとしたら……」

アンナは孤独ではあるけれども、最後まで理不尽なことに抗って、主体性を手放さない。寂寥感とともに、爽快感も残る一篇だ。

「感情の物性」は、本書のなかでもいちばん身近な世界が舞台。恐怖や落ち着きなど感情そのものを造形化したという触れ込みのスピリチュアルグッズ〈感情の物性〉のブームにまつわる話だ。雑誌編集者である主人公はその効能をまったく信じないが、精神的に不安定な恋人がハマってしまう。人々がなぜ憂鬱のような負の感情を形にしたものを欲しがるのかという問いに対する回答が面白い。

日本でもベストセラーになったチョ・ナムジュの『82年生まれ、キム・ジヨン』（筑摩書房刊）をはじめ、現代韓国文学といえばフェミニズムと親和性が高いことで知られている。SFも例外ではない。キム・チョヨプはあるインタビューで〈韓国のSF作家には女性がとても多く、性的マイノリティや障害をもった方たちなど、さまざまなマイノリティの人々が執筆することで作品に多様性が生まれているのではないかと思っています〉と語っている。テーマとして前面に出さなくても、フェミニズムは当たり前に根底に流れているのだ。

本書のなかでも抑圧された女性の苦悩を描いているのが「館内紛失」。図書館に本ではなく死者のマインドのデータが記録されるようになった近未来が舞台だ。遺族は図書館の接続機を通してマインドと面会することができる。主人公のジミンは三年前に亡くなった母ウナのマインドに初めて会いに行くが、司書に〈ウナさんはこの図書館のどこかにいらっしゃるはずです。ただ、見つけることができません〉と告げられる。ジミンは母が嫌いだったのに、失踪したマインドを探す。折り合いが悪かった母でも話したくなる、切実な動機があったから。愛憎も生死も超えて、女性同士として、さらに個人と個人として、母と娘が歩み寄る話になっている。本が好きな人にはとりわけ沁みるだろう。

最後の「わたしのスペースヒーローについて」は、トンネル宇宙飛行士の候補になったガユンが、自らのスペースヒーローだったジェギョンおばさんの衝撃的な真実を知る話だ。人類初のトンネル宇宙飛行士に選ばれたジェギョンは、四十八歳で東洋人の女性でシングルマザーで慢性的な前庭異常があった。複合マイノリティだ。英雄的なミッションにふさわしくないと世間に批判されても、ジェギョンは宇宙トンネルを通過するための過酷な訓練に耐える。身体をサイボーグ化して、深い水中に潜れるようにもなった。ミッションが失敗に終わったとき、ジェギョンも尊い犠牲になったと思われていたのだが……。

ジェギョンの最後の選択にガユンと同じく〈奇妙な自由〉を感じた。マイノリティが超人類になって宇宙の彼方を目指す、というわかりやすいヒーローの道から軽やかに逸脱してみせたジェギョンを好きにならずにはいられない。また、ジェギョンの選択を理解したガユン自身の選択にも解放感がある。

『わたしたちが光の速さで進めないなら』のあとも、キム・チョヨプは旺盛な執筆活動を続けている。初長篇『地球の果ての温室で』は、致死性の高いダストという毒物による大災害が終息してようやく復興しつつある韓国のある街で、謎の植物が異常繁殖する話。第二短篇集『この世界からは出ていくけれど』は、〈ある人が、自分が生まれ育ち慣れ親しんだ世界をふと見知らぬものとしてとらえる瞬間を描きたい〉と思って書いたという（ともに早川書房刊）。なかでも〈モーグ〉という芸術を楽しめない視知覚異常症を持つ少女が、踊りで革命を起こそうとする「マリのダンス」は忘れがたい。

情報化が進み、格差は拡大し、誰もが有能になろうとして、疲弊している現代。弱い人が不完全さと共に生きていくために、キム・チョヨプの物語が求められているのだ。

二〇二四年九月

〈参考資料〉

・「韓国映画『はちどり』がもたらしたもの。キム・ボラ監督に聞く「映画は大きな力を持っている」」 https://www.cinra.net/article/202305-KimBora1_edteam
・「世の中に「問い」を投げかけてみる：韓国のＳＦ作家キム・チョヨプが語る、創作の本質と〝未来設計図〟」 https://wired.jp/article/choyeop-kim-interview/

初出一覧

「巡礼者たちはなぜ帰らない」…『戦争は終わりました』（ヨダ、二〇一九年）

「スペクトラム（旧題：わたしの飼い主たちの死はあまりに早く訪れる）」…《月刊現代文学》（二〇一八年九月号）

「共生仮説」…《クロスロード》（二〇一九年一月）

「わたしたちが光の速さで進めないなら」…第二回韓国科学文学賞佳作受賞作、『第二回　韓国科学文学賞受賞作品集』（ハッブル、二〇一八年）

「感情の物性」…『科学の裏側』（二〇一八年三月）

「館内紛失」…第二回韓国科学文学賞大賞受賞作、『第二回韓国科学文学賞受賞作品集』（ハッブル、二〇一八年）

「わたしのスペースヒーローについて」…書き下ろし

本書は二〇二〇年十二月に早川書房より単行本
として刊行された作品を文庫化したものです。

早川書房の単行本

地球の果ての温室で

지구 끝의 온실

キム・チョヨプ
カン・バンファ訳
46判並製

謎の蔓草モスバナの異常繁殖地を調査する植物学者のアヨンは、そこで青い光が見えたという噂に心惹かれる。幼い日に不思議な老婆の温室で見た記憶と一致したからだ。モスバナの正体を追ううち、かつての世界的大厄災時代を生き抜いた女性の存在を知る……韓国の新世代ＳＦシーンを牽引する著者による、『わたしたちが光の速さで進めないなら』に続く長篇第一作！

〈訳者略歴〉
カン・バンファ　岡山県倉敷市生，翻訳家，翻訳講師　訳書『地球の果ての温室で』キム，『夜間旅行者』ユン（以上，早川書房刊）他
ユン・ジヨン　1982 年生，翻訳家　訳書に『この世界からは出て行くけれど』キム（共訳，早川書房刊），『アリス、アリスと呼べば』ウ他

HM=Hayakawa Mystery
SF=Science Fiction
JA=Japanese Author
NV=Novel
NF=Nonfiction
FT=Fantasy

わたしたちが光の速さで進めないなら

〈NV1533〉

二〇二四年十月　十五日　発行
二〇二五年七月二十五日　六刷

（定価はカバーに表示してあります）

著者　キム・チョヨプ
訳者　カン・バンファ
　　　ユン・ジヨン
発行者　早川　浩
発行所　株式会社　早川書房
郵便番号　一〇一 - 〇〇四六
東京都千代田区神田多町二ノ二
電話　〇三 - 三二五二 - 三一一一
振替　〇〇一六〇 - 三 - 四七七九九
https://www.hayakawa-online.co.jp

乱丁・落丁本は小社制作部宛お送り下さい。
送料小社負担にてお取りかえいたします。

印刷・株式会社精興社　製本・株式会社フォーネット社
Printed and bound in Japan
ISBN978-4-15-041533-4 C0197

本書は活字が大きく読みやすい〈トールサイズ〉です。